사 랑 한 다 면
따귀를 때려라

사랑한다면 따귀를 때려라

—

인쇄 2014년 12월 25일 1판 1쇄 **발행** 2014년 12월 31일 1판 1쇄

지은이 김규철 **펴낸이** 강찬석 **펴낸곳** 도서출판 나노미디어 **주소** (150-838) 서울시 영등포구
도신로51길 4 **전화** 02-703-7507 **팩스** 02-703-7508 **등록** 제8-257호
홈페이지 www.misewoom.com

정가 12,000원

—

이 도서의 국립중앙도서관 출판예정도서목록(CIP)은 서지정보유통지원시스템 홈페이지(http://seoji.nl.go.kr)와
국가자료공동목록시스템(http://www.nl.go.kr/kolisnet)에서 이용하실 수 있습니다.
CIP제어번호: CIP2014034419

—

ISBN 978-89-89292-44-9   03810

사랑한다면 자귀를 떨어라

아들과 친구와 벗과
나누고 싶은
이야기

김규철 지음

Nano Media 나노미디어

신록엔 열매가 없다.
열매 따려 하지 마라.
헛수고만 한다.

나이 듦은 노하우다.
기죽지 말자.

따귀를 때리고
맞을 수 있는
친구를 가진 자는 행복하다.

감사의 글

이 책은 지난 3년간 내 머릿속을 채우고 있던 단편들이다. 충북참여연대 소식지 〈참여마당〉에 '김규철의 노오란 하늘'이라는 제목으로 연재되었던 글들을 모아 일부 수정하고 가감한 것이다. 지면을 내어준 충북참여연대에 감사드린다. 충북참여연대 편집위원인 서정애 선생님은 모든 원고를 꼼꼼하게 읽어주시고 의견을 주셨다.

그리고 아빠의 강요에도 불구하고 매번 불만 없이 거의 모든 원고를 읽고 자신의 의견을 말해준 아들 종표, 종훈과 나의 가장 친한 벗 아내 종설의 도움도 매우 컸다. 아울러 미진한 원고를 책으로 꾸려 세상에 나오게 해준 나노미디어 강찬석 대표님과 임혜정 편집장 외 여러분에게도 감사의 말씀을 전한다. 모두에게 큰 빚을 졌다.

얘기 좀 합시다

　　　　　　　지금 우리의 삶은 방향을 잃어버렸고, 철학은 망각해버렸다. 그만큼 세상은 암울하다. 도무지 미래가 보이지 않는다. 나의 인생도, 자식의 인생도 허접해지고 있다. 살기 팍팍한 시대다.

　이 책은 우리 앞에 놓인 현실, 세상, 우리 자신의 모습을 날 선 시각에서 바라본 에세이다. 덕담이나 위로를 기대했다면 일찌감치 걷어치워라. 그저 우리가 처해 있는 현실에 대해 지극히 나의 시각으로 가감 없이 일갈할 뿐이다.

　누구나 읽어도 상관없지만 편의상 1부는 스마트폰에 갇혀 사는 아들·딸과, 2부는 그런 자식을 두고 속앓이 하는 동년배 친구들과, 3부는 동시대를 살아가며 생각과 뜻을 같이하는 벗과 나누고 싶은 이야기로 나누었다.

당신이 친구를 참된 친구라고 생각한다면
친구의 따귀를 때려라.
친구가 듣기 싫어하는 소리도 해야 한다는 말이다.
그래야 친구가 다른 사람에게 따귀를 맞지 않는다.
그래야 친구다.
만약 친구에게 입에 발린 소리만 한다면
당신은 그를 친구가 아니라고 여기는 것이다.
거짓 친구와는 우정도, 의리도 없다.

당신이 자식을 진정으로 사랑한다면
자식의 따귀를 때려라.
자식이 듣기 싫어하는 말도 해야 하고,
자식이 하기 싫어하는 일도 시켜야 한다는 말이다.
그래야 자식이 밖에 나가서 따귀를 맞지 않는다.
그래야 부모다.
자식의 기를 살려준다는 핑계로
자식에게 입에 발린 소리만 한다면
자식은 자생력을 잃고 버릇만 나빠질 것이다.
훗날 자식이 자라서 당신을 원망하게 된다.

사랑한다면,

입에 발린 소리만 해서는 안 된다.

따귀도 때릴 수 있어야 한다.

따귀를 맞을 수도 있어야 한다.

친구에게도, 자식에게도, 조직에게도, 국가에게도.

그래야 마음을 나눌 수 있다.

생각을 나눌 수 있다.

뜻을 나눌 수 있다.

터놓고 말할 수 있게 된다.

서로 따귀를 때리고, 서로 따귀를 맞으며

마음을, 생각을, 뜻을 나눌 수 있는 친구를 가졌다면

행복한 사람이다.

자식과 그런 이야기를 나눌 수 있는 부모는 더욱 행복하다.

당신은 친구에게 몇 번이나 따귀를 맞아보았는가?

그리고 진심을 담아 따귀를 때릴 친구가 몇 명이나 있는가?

2014년 12월

김규철

차 례

◊

아들과 나누고 싶은 이야기

친구와 나누고 싶은 이야기

하늘과 나누고 싶은 이야기

신록엔 열매가 없다.
열매 따려 하지 마라.

아들과 나누고 싶은 이야기

스마트(smart)하면 스투피드(stupid)해진다

요즘엔 어딜 가도 고개 숙인 사람들뿐이다. 절대로 주위를 살펴보지 않는다. 길을 걸어도, 버스를 타도, 지하철을 타도 온통 고개 숙인 사람들뿐이다. 뭘 그리 잘못한(?) 것이 많은걸까. 다름아닌 스마트폰에 열중하고 있는 것이다. 혼자 희죽거리기도, 낄낄거리기도 한다.

친구들끼리 모여도 마찬가지다. 옛날엔 친구들끼리 모이면 서로 얼굴을 맞대고 수다를 떨었다. 하지만 요즘엔 친구들끼리 한 테이블에 앉아 있어도 각자의 스마트폰만 들여다볼 뿐이다. 대화도 스마트폰으로 나눈다. 물론 그 자리에 없는 친구들도 SNS- social network service의 힘을 빌어 이 대화에 동참시킨다. 그래도 즐겁다. 참 편리한 세상이라고도 말할 수 있다.

어쨌든, 이제 모든 길은 로마로 통하는 것이 아니라, 스마트폰으로 통하는 시대다. 스마트폰은 각자의 분신이 되었고, 가족이 되었고, 연인이 되었다. 그러다보니 스마트폰 없이는 아무 일도 못하게 되는 일이 빈번해졌다. 이 때문에 불안과 초조, 공포를 호소하는 강박증을 보이는 사람들이 늘어나고 있는 추세이다. 이런 강박증상을 노모포비아nomophobia라고 한다. 노모포비아는 '휴대전화가 없을 때 느끼는 공포증'이라는 뜻으로 no-mobilephone-phobia의 세 단어를 합친 준말이다.

영국에서 노모포비아 관련 설문조사를 실시했는데 응답자의 66%가 노모포비아 증상을 겪고 있었고, 나이가 어릴수록, 여자일수록 증세가 더 많이 나타나는 것으로 파악됐다고 한다. 아마도 우리나라는 인터넷, SNS 강국(?)이니 그 증상은 더욱 심할 것이라 장담해도 무리가 없을 것이다.

또한, 미국 CNN 방송이 '스마트폰 등의 멀티태스킹에 익숙해지면 현실세계에 적응하지 못하는 방향으로 실제 뇌의 구조가 바뀐다'고 보도하기도 했다. CNN 방송은 스마트폰에 중독되어 뇌가 무기력해지는 증세를 '팝콘브레인popcorn brain'이라 명명하였다. 팝콘브레인은 뜨거운 열에 바로 튀어오르는 팝콘처럼 새로운 자극에만 반응할 뿐 다른 사람의 감정이나 느리게 변화하는 진짜 현실에 대해 무감각해지는 뇌를 말한다. 생각을 하지 못하는 것이다.

특히 인터넷 사용시간이 각각 10시간과 2시간인 대학생들의 뇌를 촬영한 MRI영상을 분석한 결과, 10시간 인터넷 사용자는 2시간 사용자보다 뇌의 '생각중추'인 회백질의 크기가 크게 줄어든 것으로 나타나 '팝콘브레인'에 대한 심각한 우려를 낳기도 했다.

SNS를 통해 지인들의 소식을 접하던 사람들은 그들과 1년 넘게 통화도 하지 않아 실제로는 관계가 단절되고 있는데도 관계가 넓어진다고 착각하며 살기도 한다. 어떤 직장인은 스마트폰을 사용하고 나서부터 일하는 시간과 휴식시간의 경계가 무너져버렸다고 힘들어 한다. 스마트폰이 삶을 편리하게 하는 것이 아니라, 삶의 족쇄가 되어버린 셈이다. 또한 스마트폰을 통해 실시간으로 쏟아지는 정보에 피로를 느껴, 심하면 분석능력의 마비, 불안감, 자기회의감이 증가하는 '정보피로증후군'을 겪기도 한다.

스마트폰의 폐해는 팝콘브레인 증상에서 끝나지 않는다. 스마트폰으로 인해 건강을 해칠 수 있기 때문이다. 일명 '방아쇠 수지 증후군', '거북목 증후군'이라고 불리는 근골격계질환은 심할 경우 목 디스크로 이어질 수 있어 주의가 필요하다. 정신이 황폐해지고 체형도 변형될 뿐 아니라, 치명적인 질환까지 가져온다.

더 나아가 스마트폰은 사람을 구강기동물로 만들어버린다. 구강기동물적 증세는 구강욕구가 과도하게 만족되거나 결핍되면 무절제하게 탐닉하는 구강고착적인 징후로 성격장애를 갖게 되는 것인데, 이는 정신분열증 혹은 정신병적 우울과 같은 심각한 성격장애로 이어진다. 즉, 주는 대로 받아먹기만 하고 생각하지 못하는 것이다. 그저 눈에 보이면 필요하다고 생각하고, 눈에 안 보이면 금방 잊어버린다. 서서히 바보가 되어간다. 이 모든 것들이 스마트폰이 만드는 팝콘브레인 증상인 것이다.

스마트하다는 것은 그저 똑똑한 것이 아니라, 참신하다는 것이다. 창조적이라는 것이다. 창조적이라는 것은 생각할 수 있을 때 가능하다. 과연 팝콘브레인이 창조적일 수 있을까. 불가능하다.
스마트폰의 노예가 되지 마라. 구강기 동물이 되지 마라. 치명적인 부작용을 보고도 스마트폰을 놓지 못한다면 당신의 삶이 구강기 동물로 추락하는 것은 시간문제다. 나는 그것을 확신한다.
나는 내 자식에게 '만약 네가 인생을 망친다면, 스마트폰이 매우 큰 요인이 될 것'이라고 몇 번이고 강조한다. 이는 어느 누구든 예외가 있을 수 없지만, 특히 젊은 사람일수록 더욱 더 강력하게 영향을 끼친다.

분명한 것은 어떤 사람당신이든 나든이 스마트폰 때문에 삶을 망친다 하더라도 아무도 아쉬워하거나 안타까워하지 않는다는 것이다. 마음 아파하는 사람은 그 사람이 그토록 아끼고 사랑하는 부모, 형제 그리고 그 사람을 진정으로 사랑하는 친구들일 뿐이다. 그 외의 사람들은 비웃거나 관심조차 없다. 그것을 두고 야속하다 하지 말라. 세상은 원래 그런 곳이다.

스마트폰은 현명하게 쓰면 편리하고 요긴하지만, 잘못 쓰면 매우 위험한 기기임에 분명하다. 매 순간 스마트폰에 빠져 있는 당신은 더 스마트해지는 것이 아니라, 어느 날 자신도 모르게 스투피드_{바보 멍청이}해져 있을 것이다.

주변 사람들이 등돌린 외톨이 인생을 살고 싶은가?

'팝콘브레인'으로 살아가는 나, 무섭지 아니한가?

퀸카와 킹카

누구나 멋진 퀸카나 킹카를 만나
길 바란 적이 있을 것이다. 소개가 아니라 우연히라도 퀸카나 킹
카는 한 번쯤 사귀어보고 싶은 로맨스 아니던가.

어떤 남자가 미팅에서 요즘 보기 드문 퀸카와 파트너가 되었다.
그는 속으로 '대박'을 외친다. 친구들은 부러워한다. 이런 퀸카라
면 기꺼이 평생을 함께 하고 싶은 심정이다. 그렇게 부푼 꿈을 안
고 미팅은 시작된다.

어떤 만남이든 한 10분쯤 대화를 주고받다 보면 상대방의 실
체가 보인다. 만약 퀸카의 입에서 흘러넘치는 무식이나 속물근성
으로 '깡통'소리가 요란하게 들려온다면, 남자는 여왕에게 쏟았
던 무한존경을 더 이상 보내지 않을 것이다. 그 여자와 오늘로 끝
낼 것인지, 좀더 만나볼 것인지 머릿속이 복잡해진다. 하룻밤 놀

이상대로 삼든 계속 만남을 이어가든 상대를 자신의 노리개 정도로 생각하게 된다. 존경하지 않는 이에게는 속물로 대하게 마련이다. 남자가 철이 들기 전에는 여자를 진지하게 생각하기 어렵다. 그때부터 모든 사람들의 부러움과 찬사를 한 몸에 안았던 퀸카의 꿈은 산산조각이 나버린다. 퀸카는 이제 남자가 아무렇게나 대해도 되는 허접한 여자가 되어버리고 말았기 때문이다. 예쁜 여자와의 유희를 마다할 남자는 이 세상에 없기 때문이다.

이번에는 마주앉은 여자의 알 수 없는 저 미소 속으로 들어가 보자. 처음 만난 남자의 첫인상이 세상에서 둘째가라면 서러울 만큼 멋있는 백마 탄 왕자라고 생각했는데, 짤랑거리는 왕자님의 대화수준이 한껏 달떠 있던 그녀의 마음에 찬물을 부었다. 백마 탄 왕자는 빈 깡통이라는 사실이 드러난 순간 그녀의 지갑쯤으로 전락해버린다. 허우대는 멀끔하니 애완동물처럼 달고 다니면서 필요하면 남자를 지갑으로 사용하면 그만이다.

아무리 멋있는 퀸카나 킹카라 할지라도 깡통녀, 깡통남으로 낙인찍히면 그들의 운명은 참으로 불쌍해진다. 그저 애완동물이거나, 노리개이거나, 지갑이 될 뿐이다. 이성에게 사랑받기 위해 멋있고 예쁘게 차려 입고 큰 돈 들여 성형까지 하지만 사랑받기는커녕 노리개 취급이나 당하면서 지갑까지 제공해야 하는 한심한 존재가 되어버렸으니 가슴을 치고 통곡할 일이다. 그들에게 이제 사랑받을 기회는 영영 안녕이다.

내면의 아름다움을 등한시하고 외모로 모든 것을 해결하려는 외모지상주의에 물든 킹카와 퀸카의 허황된 꿈은 이처럼 불과 10분 만에 나락으로 떨어질 수 있다.

영국의 경제전문지 〈이코노미스트〉는 지난 2012년 4월에 그래픽뉴스 코너를 통해 국제미용성형수술협회ISAPS가 2010년에 집계한 '국가별 인구당 성형수술 건수'의 조사결과를 발표했다.

우리나라가 단위 인구당 성형수술을 가장 많이 한 국가로 나타났다2위 그리스, 3위 브라질, 4위 프랑스, 5위 일본 순이다. 1,000명당 16명 꼴로 성형수술을 받고 있다. 그 가운데 절반 이상은 보톡스, 박피 등과 같은 비절제Non-invasive수술을 받고 있었다. 나머지 절반 가운데 쌍꺼풀, 코 등을 비롯한 외과 성형수술invasive이 가장 많았으며 지방흡입과 가슴수술 건수도 눈에 띄었다. 심지어는 서울에 살고 있는 여성 5명 중 1명은 성형수술 경험이 있다2009년 트렌드모니터고 한다.

LG경제연구원의 조사에 의하면, '우리 사회에서 외모로 호감을 주지 못하면 손해를 본다'는 질문에 65%가 긍정응답률을 보였다. 한 신문에서는 한국의 여성직장인과 여대생의 80%가 외모가 인생의 성공을 좌우한다고 믿고 있음을 보도했다.

수년 전 〈뉴욕타임즈〉의 칼럼니스트 윌리엄 새파이어William Saphire는 외모로 사람을 판단하고 차별하는 사회적 병리현상을 염두에 두고, 루키즘lookism, 즉 외모지상주의라는 말을 만들었다.

이제 이 외모지상주의가 한국에서 풍토병처럼 번져 있다. 그래서 그런지 요즘 텔레비전에 나오는 사람들을 보면 남자나 여자나 거의 비슷비슷하게 생겼다. 여자도 예쁘고, 남자도 예쁘다. 도무지 누가 누구인지 구분할 수가 없다. 우리는 그 비슷비슷한 얼굴을 보면서 환호하고 부러워한다. 언젠가 나도 저렇게 멋있고 예쁘게 성형할거야 라며 목표를 세운다. 젊은층들 사이에는 '성형계'가 유행하기도 한다. 자신도 얼굴이 예뻐지면 좋은 배우자를 얻고 부와 영화를 누릴 수 있을 것이라는 단꿈에 젖는다. 성형하기가 일상화를 넘어 풍토병이 된 것이 분명하긴 한 것 같다.

정신과를 찾는 여성의 20%가 성형이나 다이어트 후유증과 연관된 환자라는 사실은 외모지상주의의 병폐가 얼마나 심각한가를 보여주는 일면이라 하겠다. 이 수치는 시간이 지날수록 더 높아질 것이다. 여러 차례 반복되는 수술에도 만족하지 못하고 정신과를 찾는 여성들이 찾고자 하는 것이 무엇일까? 아마도 자신의 영혼일 것이다. 확실하다. 그들이 성형과 바꾼 것은 돈이 아니라, 영혼이기 때문이다. 이처럼 외모지상주의의 폐해는 너무나 심각하다.

이제부터 성형한 것을 부러워하지 말고 비웃어주자. 그냥 자존감 없는 못난 사람쯤으로 여기자. 성형수술로 자존감이 채워지리라는 믿음에 돌직구를 날리자. 자신의 영혼을 팔아먹는 자신감 상실, 개념 상실, 자신을 사랑하지 못하는 가여운 영혼에 조의를 표하자. 개성 없는 그들에게 개성 없다고 호되게 꾸짖어 주자. 트렌드에 둔감하다고 비웃으면 어떤가. 내겐 자신감 넘치고 개성 있는 영혼이 있지 않은가.

잡스, 당신의 죄가 너무 크다

　　　　　　　　　　　요즘엔 변하지 않으면 이 험한 세
상을 살아갈 수 없다고들 한다. 변하기 위해서는 다르게 생각할
수 있어야 하는데, 다르게 생각한다는 것이 말처럼 그리 쉬운 일
인가. 그래서 우리는 다르게 생각하는 사람에게 열광한다. 우리
가 스티브 잡스의 죽음을 안타까워하는 것도 이 때문이다. 그만
큼 다르게 생각한다는 것, 다르게 생각할 수 있다는 것은 특별한
능력임에 틀림없다. 스티브 잡스의 명복을 빈다.

　"다르게 생각하라!Think Different"

　잡스가 남긴 가장 강력한 말이다. 잡스가 죽은 후 전 세계가
슬퍼했다. 사람들은 교주를 잃은 신도처럼 애플 로고 앞에 꽃을
헌사하면서 잡스가 더 많은 것을 남기지 못하고 생을 마감한 것
을 안타까워했다. 잡스가 남기고 간 아이팟, 아이폰, 아이패드,
매킨토시는 앞으로도 우리의 일상과 함께 할 것이다. 그는 출생

부터 죽음에 이르기까지 드라마틱한 삶을 살다가 갔다. 역경을 헤쳐나간 생애, 고집스럽게 뜻을 관철시킨 의지력, 집중과 단순화, 혁신과 융합 등 그가 일깨워준 정신적 자극은 21세기 창의시대의 모델이 되고 있다.

과연 그렇기만 한 것일까?

그의 업적에 대해 다른 관점에서 생각해보자. 과연 그의 업적은 인류에게 도움만 주었을까? 사실 역기능적인 측면도 많다. 그가 만들어낸 아이폰이나 아이패드는 사람들이 다른 생각을 아예 생각하지 못하도록 하였다. 단언컨대, 그것들에 얽매이지 않고 사용하는 1%의 사용자를 제외한 99%는 아이폰이나 아이패드의 노예처럼 살고 있다. 너무 신기하고, 재미있고, 예뻐서 하루 종일 그 속에서 헤어나지 못하고 있는 것이다. 이는 우리 주위에서 쉽게 증명할 수 있다. 버스나 지하철 안, 거리에서 한 번 둘러보자. 스마트 폰에 얼굴을 처박고 있는 사람이 대부분이다. 친구들끼리 대화를 나누면서도 연신 자신의 스마트폰을 확인한다. 마치 강박증환자처럼 스마트폰을 확인하지 않으면 못 견뎌 한다. 이러한 현상은 청소년, 청년들 그룹이 특히 심하고, 30~50대의 중장년층도 대부분 그렇게 바뀌어가고 있다. 그 요물들은 '생각하는 사람'이 아니라, '생각하지 못하는 단세포'로 만들어버린 것이다.

그는 우리에게 다르게 생각하라고 하였지만, 결국은 우리를 생각하지 못하게 만들었다. 그 피해자는 당신이기도 하고 나이기도 하다. 이런 점에서 잡스의 죄는 무겁고 크다고 아니 할 수 없다.

이렇듯 관점에 따라 잡스는 긍정적으로도, 부정적으로도 평가할 수 있다. 그럼에도 불구하고 변화하기 위해서는 잡스가 남기고 간 '다르게 생각하라'는 불변의 명언이다.

다르게 생각한다는 것의 장점은 차별화의 가능성을 높여주기 때문이다. 차별화된다는 것은 독창적이라는 가능성을, 독창적이라는 것은 정체성이 담보되어 있다는 가능성을, 정체성이 있다는 것은 특별할 수 있다는 가능성을 높여준다. 이 차별화, 독창성, 정체성, 특별함 등은 알고 보면 다른 듯 같다고 할 수 있다. 다르게 생각한다는 것은 관점을 바꿀 수 있다는 것이고, 관점을 바꿀 수 있으면 그 결과는 자연스럽게 독창적으로 나타날 수밖에 없기 때문이다. 그러므로 그 중에 하나만 제대로 되어 있어도 특별해지고 경쟁력이 담보될 수 있다는 것이다.

그렇다면 관점을 바꿀 수 있는 '다르게 생각한다'는 것은 어떻게 가능할까?

어떤 것에 대해 다르게 생각하기 위해서는 우선 그것이 무엇인지 '제대로 아는 것'에서 시작된다. 완벽하게 파악했다면 비로소 공감을 불러일으킬 수 있는 해결책을 찾을 수 있다. 그렇다면 공감의 다음 단계는 무엇인가? 그것은 감동으로 이어진다. 즉, 이해한 다음에 공감할 수 있고, 공감한 다음에야 감동으로 이어질 수 있는 것이다. 그러므로 감동적인 그 무엇은 항상 제대로 안다고 하는 이해에서 출발한다. 이 과정이 창작자가 남과 다른 아이디어를 생산해내는 과정이다.

　이러한 '이해-공감-감동'으로 진행되는 창의성 과정은 평가자 수용자-창의성을 소비하는 사람-의 입장에 서면 정반대의 과정으로 작동하게 된다.

　평가자는 '감동-공감-이해'의 과정으로 어떤 창의성을 평가하게 된다. 왜냐하면 평가자는 어떤 문제를 바라볼 때 시시콜콜 자세히 알 필요가 없다. 척 보고 맘에 들면 취하고 싫으면 그만이기 때문이다. 신기하고 아름다운 것이 있으면 감동하게 되고, 그것이 어떤 의미인지 알고 나서 공감하게 되며 마지막에 그것이 무엇인지 이해하게 되는 과정 속에서 신뢰의 크기는 한 단계씩 커가게 된다. 어쨌든 그들에겐 감동이 맨 먼저이다.

　일반사람들이 창의적인 일을 할 때 실패하는 이유는 창작과정과 평가과정을 잘못 적용하기 때문이다. 누구든 창작자의 입장에 설 때는 창작과정이해-공감-감동을 거쳐야 하는데, 대부분 평가과정감동-공감-이해으로부터 출발하는 오류를 저지르기 때문이다.

그러니 대부분의 사람들은 감동적인 아이디어부터 찾으려고 허둥지둥하다가 문제를 제대로 파악조차 못하고 아이디어 발견에 실패하고 만다. 그러면서 창의적인 아이디어는 특별한 사람에게만 해당되는 것이라고 핑계를 댄다. 합리화에 이르면 다르게 생각하기를 포기하게 된다.

창의성에 대한 잘못된 고정관념stereotype이 만들어낸 무지한 생각이고, 행동이다. 고정관념에서 벗어나기 위해서 우리가 할일은, 눈앞에 있는 어떤 문제의 처음으로 돌아가 생각해보는 것이다. 처음으로 돌아가 문제를 제대로 알게 되면, 거꾸로 생각할 수도, 상식을 깰 수도, 다양하게 생각할 수도 있다. 게다가 문제를 융통성 있게 해석하는 능력도 생기게 된다. 결국 문제를 해결할 수 없는 추상적인 답이 아니라, 문제를 해결할 수 있는 구체적인 대안을 찾아낼 수 있게 되는 것이다.

공자는 평생토록 지니고 행하여야 할 한마디가 무엇이냐는 제자의 물음에 "기소불욕 물시어인己所不欲 勿施於人, 즉 내가 하고 싶지 않은 일을 남에게 시키지 마라."고 대답했다. 어찌 나의 욕망과 타자의 욕망이 같을 수 있겠는가? 그리고 보면 공자의 말도 참은 아니다. 무엇보다 중요한 것은 세상의 그 어떤 것도 다르게 해석될 수 있다는 것이다. 그러니 미리 단정 짓지 말고 다시 따져보아야 할 일이다.

노동자와 근로자

근로자勤勞者 : 육체노동이나 정신노동의 대가로 받는 소득으로 생활하는 사람

노동자勞動者 : 노동력을 제공한 대가로 임금을 받아 생활을 유지하는 사람

국어사전에 나오는 뜻이다. 둘의 차이를 명확하게 구분하기 힘들다. 둘 다 같은 뜻으로 보인다. 그런데 왜 정부나 기업 등에서는 굳이 '노동자의 날'보다는 '근로자의 날'을 쓰기를 더 좋아하고, '노동자'라는 말 대신 '근로자'라는 말을 쓰려고 안달일까?

다음을 읽고 나면 그들이 그럴만한 꿍꿍이(?)가 숨어 있다는 것을 알 수 있을 것이다. 우리가 별 의미 없이, 무심코 선택하고 있는 단어 하나가 가져오는 결과의 차이는 상상외로 크게 나타난다.

'근로자'라는 말에는 국가나 회사를 위해 주면 주는 대로, '시키면 시키는 대로 순종적으로 근면성실하게 일하는 사람'이란 뜻을 담고 있다. 기본적으로 국가나 기업이 주체가 되어 어떤 은혜를 베푸는 입장에 서 있는 단어이다. 노동의 주도권을 국가나 기업이 쥐고 있는 것이다. 그러므로 '근로자'는 능동적인 존재가 되지 못하고 언제나 '수동적'인 타자가 되어버리는 것이다.

'노동자'는 '스스로 힘써 주체적으로 일한다'는 의미를 담고 있다. 즉, 자신의 일에 대한 주관과 자부심을 갖고 노동자로서 권리를 지키고자 노력하는 사람이다. 이 말에서는 노동자가 주체가 된다. 노동자가 노동의 주도권을 갖고 일하게 된다. 그러니 정부나 기업으로부터 어떤 은혜를 받는 것이 아니다. 서로 대응관계가 되거나 파트너관계가 되는 것이다.

노동자는 자신의 권리를 스스로 지키려는 사람이다. 노동자는 수동적인 타자가 아니라 능동적인 주체인 것이다. 능동적인 자는 삶을 주도할 수 있지만, 수동적인 자는 주체적인 삶을 살아갈 수 없다. 능동적인 자는 스스로 존재할 수 있지만, 수동적인 자는 그렇지 못한 데다가 정부나 기업의 상황이 안 좋아지면 잉여인간으로 취급되어 그냥 내팽개쳐질 뿐이다.

노동자는 자신의 노동을 통해 정당하게 임금을 받고 주체적인 생활을 영위해 나가지만, 근로자는 주인님(?)정부나 기업주의 은혜로 일자리를 얻어 생활하는 노예에 더 가깝다. 잘 봐주어도 머슴을 벗어나지 못한다. 그러므로 자신의 권리를 주장할 수 없게 된다.

그러고 보니 정부나 기업 등이 왜 '노동자' 대신 '근로자'라는 말을 쓰려고 안간힘을 썼는지 알 것 같다. 노동자와 근로자의 차이는 이처럼 상당하다.

대한민국 노동의 역사에서도 정부나 기업의 꿍꿍이는 그대로 드러난다. 근로자라는 말은 군사정부시절, 노동조합 결성을 교묘하게 방해하고 '산업일군' 등 온갖 미사여구로 많은 노동자들의 눈물어린 땀과 피를 짜내기 위해서 급조해 낸 말이다. 독재를 했던 이승만은 '대한노총'이라는 어용노조*를, 쿠데타를 통해 대통령이 된 박정희 역시 대한노총을 대신할 어용노조로 '한국노총'을 만들었다. 그러고는 자주적이며 민주적인 노동조합운동을 탄압하기 위해 우리 민족의 가장 아픈 상처를 이용하여 '빨갱이=불순분자=좌경용공'이라고 몰아세웠다. 이 못된 버릇은 자주적인 노동자가 많을수록 통제하고 통치하기가 힘들어지기 때문에 지금까지도 악용되고 있다. 정부든 기업이든, 공익보다는 사심을 채우기에 급급하다 보니 굳이 노동자가 아닌 근로자로 만들어 쉽

///////////

*   사용자로부터 자주성을 갖지 못하고 사용자가 좋을 대로 하는 노동조합

게 부려먹으려 했고, 군림하려 했고, 착취하려 했던 것이다. 그들은 단어 하나가 주는 엄청난 파괴력을 잘 알았기 때문이다.

오늘날 노동운동을 하는 사람들은 '종북좌빨'이라고 불린다. 한마디로 마녀사냥 당하는 것이다. 건강하지 못한 보수나 정부가 지속적인 공작을 펼친 결과다. 우리는 그런 진실은 외면한 채 우리 자신노동자을 노예나 머슴으로 만들어 착취하려 하는 '근로자'는 인정하고, 주체적으로 살아가고자 애쓰는 또 다른 우리 자신노동자을 '빨갱이=불순분자=좌경용공'이라고 몰아붙였다. 스스로 탄압하고, 그것도 모자라 마녀사냥까지 해가며 못살게 한다. 그러는 동안 못된 자들은 우리를 비웃으며 돈을 세고 마음껏 권력을 휘두른다. 그러니 어쩌랴, 그냥 노예로 살아갈 수밖에 ….

다시 한 번 강조하면, 노동자는 '자본'을 소유하고 있지 않고, 자기 몸을 움직여 일을 해서 먹고 사는 사람들이다. '화이트칼라'도 '블루칼라'도 노동자인 건 마찬가지다. 사실 따지고 보면, 공무원도, 교사도, 교수도, 사무직에 종사하는 사람도, 공장에서 일하는 사람도, 공사장에서 일하는 일용직까지 모두가 노동자인 것이다. 간혹 사무실에서 펜대를 굴리며 일하는 사람 중에 '난 노동자가 아니다'라거나 '난 노동자와는 다르다'고 잘못 생각하고 있는 경우를 볼 수 있다. 그야말로 야무진 착각이다. 아무리 아니라고 부정해도 노동자인 것은 변하지 않는데도 말이다. 노동자가 아니면 노예란 말인가? 머슴이란 말인가? 그렇게 살기를 원한단 말인가?

5월 1일은 '노동자의 날May Day'이다. 민주노총을 위시한 각 노동조합이 결성된 회사에서는 '노동절'이라고 말하지만, 그렇지 않은 회사에서는 아직도 '근로자의 날'이라고 말하는 곳이 더 많다. 물론 아직도 정부에서는 공식적으로 '근로자의 날'이라고 부르고 있다.

어떻게 불러도 좋지만, 그래도 근로자의 날보다는 노동자의 날로 기억하자. 단어 하나가 우리의 정신을 지배하기 때문이다. 어쨌든, 나는 노동자다. 주인님의 은혜를 먹고사는 근로자가 아니란 말이다.

'정답'과 '틀린 답' 그리고 '다른 답'

창의성을 찾는 방법에 관해 공자께서 말씀하신바 있다. 《논어》〈학이편〉에 "온고이지신, 가이위사의溫故而知新, 可以爲師矣"라는 말이 있다. '옛 것을 온양하여 새것을 만들어 낼 줄 알면, 능히 남의 스승이 될 만하다'라는 뜻이다. 이 말을 모르는 이는 없을 것이다. 여기서는 '옛 것을 익혀 새것을 만들어낼 줄 알면 능히 창의적인 사람이라 할 만하다'고 해석하고자 한다.

'온고이지신'에 있어서 온고溫故의 목적은 지신知新에 있는 것이다. 즉, 옛것을 배워 익히는 것의 목적은 새로운 것을 만들어내기 위한 것이다. '온고'는 정답을 찾아내는 과정이고 '지신'은 창조성을 말한다. 강조점이 온고라는 전통성의 숙지가 아니라, 지신이라는 창조성, 즉 다른 답을 찾는 데 있다. 그러므로 창조를 위한 온고일 때만 의미를 지니게 된다. 미래의 창조를 전제로 하지 않는 과거에 대한 공부는 의미가 없는 것이다.

　예를 들어 각종 재료를 이용해서 김치가 만들어지면 독특한 김치 맛이 만들어진다. 어디 김치 맛이 배추 맛인가? 양념 맛인가? 배추 맛도 양념 맛도 아닌 김치 맛 아니던가? 바로 발효된 맛. 과거라는 재료_{정답}를 공부해서 발효의 과정을 거쳐 새로운 맛을 만들어내는 김치_{다른 답}처럼, 창의성도 과거_{정답}를 밑거름으로 새로운 창조성_{자신}을 이루어낼 때 제대로 된 창조성이라 할 수 있다. 그 결과가 바로 이 세상에 하나뿐인 김씨네, 박씨네, 홍씨네 김치가 만들어지는 것이다. 만약, 그럴 수 있다면 그는 능히 창의성 있는 사람이라 할 수 있다.

　사실 대부분의 좋은 아이디어_{다른 답}는 너무 쉽지 않은가? 그렇게 간단한 것을 나는 왜 생각하지 못했나 하는 경험을 해본 적이 있지 않은가? 정답과 다른 답 그리고 틀린 답의 관계의 핵심은 여기에 있다. 정답의 어깨 위에 다른 답은 우뚝 서 있다. 그것들은 서로 사촌지간으로 같은 혈통이다. 그래서 공감을 넘어 감동을 제공할 수 있는 것이다.

　21세기를 창의성의 시대라 대변한다. 창의성이 우리에게 감동을 제공하기 때문이다. 그렇다면 창의성이란 무엇일까? 우리는 기존의 정답보다 새로우면서도 더 좋은 다른 답일 때 창의적이라고 말한다. 새롭다 하더라도 기존의 방법보다 좋지 않다면 창의적이라 할 수 없는 것이다. 즉, 창의적인 것은 어떤 변화에 적응해서 새로운 것, 새로운 면, 새로운 관계를 만들어내는 것이다. 정답이 아닌 다른 답을 말하는 것으로, 공감의 폭이 클수록 창의성의 질은 높아진다.

과학에는 정답이 있다. 그래서 정답에는 이해가 있고, 그 이해를 바탕으로 동감을 이끌어낼 수 있다. 때로는 너무 뻔해서 시시해 보이기도 하지만, 그래도 항상 기본은 한다. 사실 정답만 제대로 찾을 능력이 있어도 훌륭한 경쟁력을 가질 수 있다. 그러나 그것만으로는 부족하다. 우리는 대부분 정답이 아닌 무수히 다른 답에 의해 살아간다. 우리의 삶은 다른 답에 의해 그 질이 결정된다고 보아도 무방하다. 어디 연애기법 책을 몇 권 읽었다고 연애박사가 될 수 있는가? 책대로 되는 것이 어디 사랑이던가? 글로 배운 사랑기법을 몇 개 익혔대도 사랑하는 사람 앞에만 서면 순식간에 그 기법은 무용지물이 되어버린다. 눈앞엔 항상 예상치 못한 다른 상황이 전개되기 때문이다. 그래서 늘 다른 답을 찾아야 한다.

예술이나 인문학에서는 정답이 없다. 무수히 다른 답이 존재할 뿐이다. 인생은 예술이라고 하지 않는가? 즉, 다른 답의 연속이라는 말이다. 그래서 사람들은 다른 답을 찾기 위해 노력한다.

그것은 새로운 아이디어이기도 하고, 이 시대를 살아가는 경쟁력이 되기도 하고, 무엇보다 감동을 주기도 하기 때문이다. 어쨌든 다른 답을 찾아낼 수 있는 사람은 대단한 사람임에 틀림없다. 그러나 그렇게 특별한(?) 다른 답이 때로는 감동은커녕 엄청난 실망과 실패를 가져오기도 한다. 한 마디로 죽일 놈의 틀린 답이 되어버리는 경우가 있다는 말이다. 왜 그럴까? 분명 다른 답을 찾았는데도 말이다.

그것은 다른 답을 찾고자 하는 열망에 가려져 틀린 답을 구별해내지 못하는 함정 때문이다. 사람들은 다른 답을 찾고자 하는 욕심 때문에 뻔~해 보이는 정답을 무시하고 다른 답을 찾기 위해 엉뚱한 곳을 찾아 헤맨다. 그러다가 어느 이상한 곳에서 아주 재밌는, 아주 멋있는, 아주 새로운, 그야말로 그럴싸하다고 생각되는 다른 답을 찾아내고는 '유레카'를 외친다. 하지만 곧 실패임을 깨닫는다. 그 답은 다른 답이 아니라 '틀린 답'이기 때문이다. 자신은 다른 답을 찾고자 하였지만, 정답을 무시했거나 등한시했기 때문에 틀린 답을 다른 답으로 오해하게 된 것이다.

그렇다면 다른 답은 어디에서 찾을 수 있는가? 어떻게 하면 틀린 답의 함정에 빠지지 않고 제대로 된 다른 답을 찾을 수 있을까? 사실 이 함정에서 벗어나는 방법은 매우 간단하다. 뻔~하다고 생각되는 정답을 먼저 찾는 것이다. 너무 재미없어 보이고, 새롭지도 않게 생각되는 정답은 다른 답을 찾아낼 수 있는 디딤돌이 되기 때문이다.

정답은 마치 색깔 없는 투명한 안경과 같다. 그래서 문제가 있는 그대로 보인다. 빨강, 파랑, 노랑, 초록 등의 색안경과 같은 다른 답은 새로운 관점을 제공하는 역할을 할 뿐이다. 즉, 다른 답은 정답을 전제로 출발하는 것이다. 다른 답은 항상 정답의 어깨 위에 서 있다는 것을 알아야 한다. 다른 답은 결코 정답과 멀리 떨어져 있는 괴물이 아니라는 말이다.

다른 답을 찾아내는 창의성이라는 것이 별것인가? 다른 답은 정답을 먼저 아는 것에서 출발하고 발휘된다. 정답은 누구나 이해와 공감의 차원에 머물지만, 다른 답은 새로운 관점의 제시에서 감동으로 이어진다. 정답을 모르고 찾아가는 다른 답은 마치 똥인지 된장인지도 모르고 찌개를 끓이는 것과 같이 '틀린 답', 즉 괴물이 될 뿐이다.

사람들이 아이디어는 항상 뻔~한 것이라는, 정답의 어깨 위에 있다는 간단한 사실을 깨닫는 데는 오랜 시간이 걸린다.

공상? 상상? 상식!

여행은 지도가 정확한지 대조하러 가는 것이 아니다. 아무리 완벽하게 계획을 세워도 늘 어그러지는 것이 여행이다. 항상 예기치 않은 사고가 발생한다. 우리의 생각여행도 그렇고, 인생도 마찬가지다. 계획대로 되는 것은 거의 없다.

오늘의 대한민국 사람들은 단군 이래 가장 유식하다고 한다. 그럼에도 불구하고 생각하는 능력은 떨어진다고 개탄한다. 그 유식이란 것이 다름 아닌 디지털 자판기에서 뽑아내는 '윤기 없는 피상적 지식'이기 때문이다. 디지털 때문에 지식은 많아졌지만 오히려 상식은 부족해져버린 세상인 것이다.

상상이란 무엇인가

의미 없는 공상, 헛된 망상, 쓸데없는 환상, 허황된 몽상, 환각의 허상, 이것저것 잡상 모두 생각여행, 즉 상상이다. 상상은 우리 삶에 꼭 필요한 윤활유다. 그러나 그것들이 오늘 말하고자 하는 상상은 아니다. 오늘 말하고자 하는 상상은 초점목적을 가지고 구체적인 생각여행을 하는 것이다.

상상한다는 것은 없는 것을 끄집어내는 것이 아니라, 있는 것을 자세히 들여다보는 것이다. 즉, 구체적인 관찰이 상상이고, 상상력의 시작이다. 상식적인 것을 다른 관점으로 바라볼 수 있는 능력이 상상력이다. 상상은 항상 물음표(?)와 함께 산다. 묻지 않으면 답을 찾을 수 없는 것은 당연하지 않은가? 묻고, 느끼고, 또 묻고, 느끼는 것이 상상의 과정이다. 상상은 "왜 안 돼?"라고 하는 발칙한 도전의 과정에서 생겨나는 생각 너머의 생각이다.

또한 상상의 핵심은 관계없어 보이는 두 가지 이상의 개념을 연결해 또 다른 가능성을 모색하는 것이기도 하다. 그래서 상상의 과정은 아이디어 발상과정과 비슷하거나 같다. 상상하기를 발상하기와 동의어라 생각해도 크게 무리가 없는 이유이다.

창조적인 상상은 상식(규칙)을 깨는 것에서 시작된다

숙달된 조교는 전문가가 아니다. 오퍼레이터에 불과하다. 그는 전혀 창조적이지 못하다. 그는 기존에 있는 매뉴얼대로 움직일 뿐이다. '이건 이렇고, 저건 저렇고, 당연히 그렇고…' 하면서 습관대로 하는 것은 타성일 뿐 상상이 아니다. 이런 타성은 대부분 나이 든 사람에게서 많이 나타난다. 타성에 젖은 사람의 특징은 자신의 주장에는 목소리를 높이지만, 다른 사람의 생각이나 주장에는 귀 기울이지 않는다는 것이다. 그야말로 '꼰대'라고 불리는 사람이다. 꼰대가 무엇인가? 배울 게 없는 어른이다. 그럼에도 불구하고, 꼰대는 세상을 가르치려 한다. 그들은 '나는 옳고 너희들은 틀렸다'고 일관한다. 한 마디로 '왕짜증 나는 어른'인 것이다.

그런데 요즘엔 젊은 사람들에게서도 이런 '꼰대'같은 타성이 많이 나타난다. 그들이 그러는 것은 그렇게 길들여졌기 때문이다. 그들에게 타성을 요구하는 사회의 탓이고, 부모의 탓이다. 그들의 잘못이 아님에도 불구하고 그들의 탓도 크다. 상황이 어떻든 스스로 생각하는 인간이기를 포기하고, 귀찮아하면서 타성대로 살아가려 하기 때문이다. 모든 것에 아직 미숙한 젊은 사람의 최대 무기는 상상하는 것인데, 그것을 포기했기 때문이다. 빛나는 청춘을 허접하게 날려버리기 때문이다. 그 죄가 실로 크다.

로버트 서튼 교수가 그의 책《역발상의 법칙Weird idea that work》에서 만들어낸 용어로, '데자부De ja vu'와 '부자데Vu ja de'가 있다. 데자부는 낯선 것이지만 익숙하게 느껴지는 것이고, 부자데는 익숙한 것이지만 낯설게 느껴지는 것을 말한다. 새로운 것은 기존의 상식에 기대어 이해를 빠르게 하는 것이 필요하고, 식상한 것은 다른 관점을 불어넣어 새로움을 부여하는 것이 필요하다는 의미다. 초현실주의는 이와 같은 데페이즈망* 기법을 이용하여 우리에게 상식을 깨는 놀라운 예술세계를 보여주었다.

상식을 깨면 질문을 바꿀 수 있다. 질문을 바꾸면 창의적인 발상을 할 수 있게 되고, 창의적인 사람이 될 수 있다. 상식을 깨면 역경이 화려한 경력으로 바뀌고, 불가능이 가능해진다. 이렇듯 세상을 바꾸고, 인생을 바꾸는 통찰력은 상식을 깨는 것에서 생긴다.

상식을 깬 상상은 다시 상식적으로 말해야 한다

사람들은 상식을 깨야 한다는 말에는 누구나 쉽게 인정하면서도, 상식을 식상하다고 애써 무시한다. 과연 상식은 식상한 것일까? 전혀 그렇지 않다. 우리가 알고 있는 상식은 대부분 역사적으로 검증된 것이다. 당신이 삼 년 동안 고민한 빅 아이디어를 사람들은 단 몇 초만에 '좋으니, 나쁘니, 맞니, 틀리니' 하면서 무자비하게 칼질해 버린다. 사람들은 상식적으로 생각하기 때문이다.

///////////

*   depaysement: 낯익은 물체를 일상적인 환경에서 떼어내어 뜻하지 않은 장소에 놓아두어 보는 사람의 심리에 강한 충격을 주는 효과다.

이렇게 모든 소통은 상식적으로 이루어진다. 상식을 깬 모든 상상은 반드시 상식적으로 말해야 소통될 수 있다. 그러므로 상식을 식상하다고 생각하는 것 자체가 잘못이다. 몇몇 얼뜨기들이 그렇게 생각하고, 주장하고, 그것을 퍼뜨릴 뿐이다.

상식적으로 말하는 것을 우습게 보는 자, 그가 바로 하수다. 구체적으로 말해라. 분명하게 말해라. 상식적으로 말해라. 그러면 당신은 세상의 능력자로 인정받게 될 것이다.

꽃을 보면 꽃이 보인다

나는 매번 눈을 감고 서울에서 청주까지 운전한다. 그런데도 교통사고는 일어나지 않는다. 그러니 내가 눈을 감고 운전한다는 것은 사실이 아니다. 분명 나는 눈 뜨고 운전한다. 그런데 왜 굳이 눈을 감고 운전한다고 말하고 있는가? 그 이유는 어떤 일에 있어 결과도 중요하지만 과정이 더 중요함을 말하기 위함이다. 왕복 280㎞면 꽤 먼 거리의 여행이다. 그러나 나는 본 것도 없고, 들은 것도 없다. 그저 무심코 차를 타고, 무심코 일을 보고, 무심코 돌아오는 것이다. 목적만 있고 과정이 생략되었기 때문이다. 이렇게 나는 나도 모르게 결과 위주의 삶에 익숙해져 있다. 장님으로 살아가고 있는 것이다.

우리는 다람쥐 쳇바퀴 같은 일상이라 하더라도 매일 집을 나갔다가 집에 들어온다. 생각해보면 그것도 작은 여행이다. 그런데

저녁에 집에 돌아와 그날의 일들을 생각해보면 생각나는 것이 거의 없다실제로 그날 일을 되새겨보는 훌륭한(?) 사람은 거의 없다. 분명 어딘가에 갔다 왔는데, 분명 무엇인가를 보고 들었는데, 기억나는 것이 거의 없다는 것이다. 그렇게 하루의 작은 여행은 허망하게 사라질 뿐이다. 효율적인 결과만을 쫓아갔기 때문이다.

사실, 우리 삶에서 기억나는 장면들은 결과보다는 과정의 디테일에서 만들어진다. 그것은 우리가 사랑할 때의 과정과 같다. 한 사람을 사랑하게 되어 연애를 하고 그 사람과 결혼하게 되었다고 가정해보자. 우리는 어떤 것을 기억하며 추억하는가? 결혼에 성공한 이후를 추억하는가? 아니다. 오히려 결혼한 이후는 서로 '웬 쑤이것도 사랑함의 다른 표현이다'가 되어서 살아간다. 대부분 무덤덤한 일상으로 살아간다.

반면에 연애기간의 소소한 즐거움, 다툼을 추억한다. 시커먼 극장에서 처음으로 슬그머니 손을 잡던 날, 순간 손을 뿌리치려 하다가 그냥 가만히 두었던 장면, 그렇게 손을 잡은 뒤부터 서로 팔짱 끼고 데이트하면서 세상을 아름답게 느꼈던 장면, 그 아름다운 세상을 낭만적인 시詩, 사실은 촌스러운로 써서 연애편지를 주고받던 장면, 허접한 커피숍이었다 하더라도 이 세상에 부러울 것이 없던 두 사람만의 공간, 그때 그 커피 맛, 아름다운 그 사람 그리고 사랑을 고백하던 날, 첫키스 하던 날, 프러포즈 하던 날 등 연애기간의 소소한 과정을 우리는 기억한다. 그 작은 과정들이 모이고 모여서 감동이 되어 '나에게도 그런 날이 있었구나'하고 추억한다. 지금 생각해보니 참으로 어처구니없고 촌스러워 멋쩍은 웃음이 새나오지만, 우리의 삶을 풍부하게 만드는 것이다.

사랑을 하는 동안은 누구나 시인이 된다고 한다. 상대방의 일거수일투족을 세세히 관찰하기 때문이다. 진심을 다하기 때문이고, 온몸을 다하기 때문이다. 아프고, 아파도 행복하다. 눈부시게 아름다운 날들이다. 그것은 나의 이야기고, 두 사람의 이야기고, 우리 모두의 이야기다.

사랑만 그런 것이 아니다. 이 세상 모든 것이 그렇다. 그냥 객기로 시작한 일이 아니라면, 내 진심을 다한 것이라면, 일이든 사랑이든 결과보다 과정이 더 오래 남는다. 그것이 진짜이기 때문이다. 그렇게 과정이 쌓이고 쌓여서 내공이 되어 삶이 깊어진다. 그래서 결과도 중요하지만, 과정은 더욱 중요한 것이다.

'개처럼 벌어서 정승같이 쓰라'는 우리나라 속담이 있다. 이 속담은 과정이야 어쨌든 결과를 좋게 하라는 교훈이다. 그러나 이 말이 폭력적으로 사용되지 않기 위해서는 그 과정이 정당하다고 전제할 때 가능하다. 그렇지 않으면 추잡한 과정도 우리 자신도 모르게 인정하게 되어버리기 때문이다. 당신은 보았는가? 개처럼 부정한 방법으로 벌어서 정승같이 쓰는 사람을. 나는 보지 못했다. 특히 오늘을 살아가는 가진 자들에게서는 더더욱 그것을 기대할 수 없다. 그들은 개처럼 벌어서 개같이 쓴다. 절대로, 절대로, 절대로 정승같이 쓰지 않는다. 그러므로 정승같이 벌어야 정승같이 쓸 수 있는 것이다. 과정과 절차가 중요한 이유이다.

국가나 사회도 마찬가지다. 국민을 행복하게 하겠다는 목표는 좋지만, 그 결과를 위해서 국민을 무시하는 과정을 밟아서는 안된다. 만약 결과만 중시하는 슬로건으로 국민을 행복하게 하겠다면, 군부독재나 나치 같은 잔혹한 역사가 되풀이되지 않는다고 누가 보장할 수 있겠는가. 그들의 이상은 원대했지만, 지탄받는 이유는 그 과정이 잘못되었기 때문이다.

청문회에 나선 새 정부 각료들의 면면들을 보면 왠지 콤콤한 냄새가 솔솔 난다. 그런데도 청문회 때문에 인재를 쓸 수가 없다고 목소리 높여 투정한다. 잘못된 인재관이다. 아무리 능력이 출중하다 하더라도 건강하지 못한 인재(?)는 공익을 해치는 일을 하게 되어 있다. 결국 국민이 행복해지지 않게 된다. 그래서 청문회에서 그 사람이 살아온 과정을 검증해야 하는 것이다. 건강한 과정으로 살아온 사람이 올바른 인재이기 때문이다.

봄이다. 아름다운 계절이다. 모든 것이 새로 시작한다.

꽃이 핀다. 아름다운 꽃이 핀다. 꽃의 아름다움을 제대로 느끼며 이 봄엔 살아보자. 그리고 그동안 미뤄놓았던, 내가 그토록 하고 싶었던 일을 시작해보자. 그렇게 행복해져보자. 바쁘다는 핑계로 멍청하게 눈 뜬 장님처럼 살지 말고, 맑은 눈망울로 제대로 살아보자. 잠시라도 이 봄엔 꽃을 보러 가자. 꽃을 보면 꽃이 보인다. 그래서 그 꽃이 얼마나 아름다운지 한 번 느껴보자.

꽃을 봐야 꽃이 보인다.

꽃 보러 가자. 건강해지자.

근데, 개나리 꽃잎은 몇 개지?

사랑하고 사랑받기

　　　　　　　　　　사랑에 빠진 사람은 누군가를 사
랑하는 그 자체만으로 만족하지 않는다. 왜냐하면 상대방도 자
신을 사랑해주기를 바라기 때문이다. 그것도 절대적으로. 그러므
로 상대방을 그렇게 만들기 위해 사랑에 빠진 사람은 자신이 할
수 있는 모든 방법을 동원해 사랑의 고백을 하게 된다. 그러나 불
행하게도 "널 사랑해"라는 사랑을 고백할 기회는 그리 많지 않
다. 상대방이 'No'라고 해버리면 더 이상 사랑이 진행되기 어렵
기 때문이다.

　이처럼 고백은 매우 위험한 행위이다. 신중해야 한다. 그러므
로 고백은 수많은 환유를 통해 사랑의 기호로서 상대에게 전달
된다. 그것은 몸짓일 수도, 시선일 수도, 한숨으로 나타날 수도,
어떤 암시를 통해서, 또는 선물이 될 수도 있고, 시가 될 수도 있
다. 그가 하는 모든 행위는 사랑의 기호가 되어 자신의 마음을

상대에게 알리고 상대의 마음을 확인하고자 하는 도구가 된다. 물론 이러한 사랑의 기호들의 양산은 사랑하는 사람이 자신을 떠나버리지 않을까 하는 불안에서, 혹은 퇴짜 맞지는 않을까 하는 불안에서 시작된다. 불안을 감소시키고 안전한 성공을 추구하는 사랑의 전략인 것이다.

기호의 목적은 "난 널 사랑해"라는 고백에 "나도 널 사랑해"라고 화답받기를 원하는 것이다. 그 목적달성을 위해 사랑에 빠진 사람은 매일매일 새로운 사랑의 기호를 찾으려 골몰하게 된다. 그 과정에서 수많은 사랑의 환유를 만들어낸다. 그것이 사랑의 힘이다. 사랑이라는 것은 이성의 문제도, 합의의 문제도, 효율성의 문제도 아니다. 오로지 두 사람 사이의 관계에 의한 것이지 어느 한 사람이 일방적으로 끌고 가는 것이 아니기 때문이다.

그래서 사랑의 작동원리는 기본적으로 '환유*'라고 할 수 있다. "너를 사랑해"라는 말은 "나는 네가 나를 사랑하기를 원해"라는 말이고, 이것은 "나는 나를 사랑해"라는 표현으로 바뀔 수 있다. 결국 자기 사랑의 환유가 바로 타인에 대한 사랑으로 나타나는 것이다. 그러한 기제로서 '사랑의 기호'는 작동하고 있다. 이

---

* 煥喩: 어떤 사물을 표현하기 위해 그 속성과 관련이 깊은 다른 낱말을 빌어 표현하는 수사법

런 점에서 "기호는 우리에게 사유하도록 강요하고 참된 것을 찾도
록 강요하는 힘이 있다."라고 말한 들뢰즈가 틀린 것이 아니다.

　사랑의 기호는 소비를 통해 구체화된다. 사랑에 빠진 사람은
지속적으로 자신과 애인이 기쁨의 상태에 있도록 하려고 안달한
다. 그래서 그들은 사랑의 기호를 사용한다. 그것이 선물이다. 선
물을 서로 교환한다는 것은 서로 사랑하고 있다는 징표로 작동
할 수 있기 때문이다. 이러한 장점으로 이미 우리의 삶 속에서 사
랑의 선물은 일상화된 행위가 되었다. 선물은 이름 모를 들꽃이
나 냇가의 조약돌에서부터 백화점의 명품가방이나 다이아몬드
반지가 될 수도 있다. 물론 상대방에게 새로운 감정을 느끼게 할
수 있는 것이면 무엇이든 가능하다. 어쨌든 선물은 임의적이면서
도 절대적으로 특이한 것이다.
　프랑스의 철학자이자 사회사상가인 보드리야르는 그의 저서
《기호의 정치경제학 비판》에서 '선물'은 객체가 아니라고 말한다.
왜냐하면 선물은 오직 주고받은 당사자에게만 의미가 부여되는
유일물이기 때문이다. 만약 '조약돌'이 선물이 되어 누군가에게
전달되었다면 그것은 오직 당사자에게만 어떤 상징적 의미가 될
수 있는 것이다. 당사자가 아닌 다른 사람들에게는 무의미한 돌
멩이일 뿐이다. 또한 선물의 진정한 의미는 오직 서로 간의 상징

적인 의미교환일 뿐이지, 내가 너에게 주었으니까 너도 나에게 주어야 한다는 거래가 아니라는 것이다.

그러나 자본주의는 이러한 사실을 애써 모른 체한다. 오히려 왜곡시킨다. 사랑에 빠진 사람의 심리를 정확하게 꿰뚫고 그것을 돈벌이에 이용한다. 자본주의는 물질로나마 서로의 사랑을 확인하려는 조급한 연인들을 자본주의의 소비체계 속으로 끌어들인다. 처음엔 조그마한 초콜릿 하나로 시작된 사랑의 정표가 지갑과 같은 작은 소품으로, 옷으로, 명품 백으로 점점 새로움을 자극하기 위해 고가의 선물을 구매하게 만든다. 필연적으로 과소비(?)의 길로 들어서게 하는 것이다. 사랑에 빠진 사람은 자신의 의지와 상관없이 선물을 사기 위해 돈을 벌어야 한다. 그렇게 자신도 모르게 서서히 자본주의의 노예가 되어간다.

자본주의에서는 돈 없으면 사랑도 할 수 없다. 실제로 요즘 젊은이들은 돈 없어서 사랑도 못하고 결혼도 미루는 경우가 비일비재하다. 그렇지만 이렇게 과소비가 진행되는 순간도 사랑하는 사람들 사이에서는 그 시간이 노예로서의 비참한 삶이 아니라 매일매일이 축제가 되는 행복한 나날들의 연속이다. 사랑하는 시간, 즉 연애기간은 축제기간인 셈이다. 물론 착각이다.

선물의 역할이 단순히 상징적 의미만 있는 것은 아니다. 롤랑

바르트는 《사랑의 단상》에서 선물을 '섹스'에 비유하였다.

> "사랑의 선물은 (…) 그것으로 나는 내 전부를 당신에게 주
> 며, 내 섹스로 당신을 만진다. 바로 그렇기 때문에 나는 흥분
> 하며, 당신의 욕망에 완벽하게 부합되는 적합한 물신, 찬란
> 하고도 성공적인 물신을 찾아 여러 상점을 헤매는 것이다. 선
> 물은 접촉이며 관능적인 것이다."
>
> 《사랑의 단상》, 동문선, 2004

선물은 기본적으로 페티시즘*의 논리를 수반하고 있다. 일종
의 애무의 역할을 하는 것이다. 선물은 상대를 기쁘게 하는 것이
지만 알고 보면 오히려 자신을 기쁘게 하기 위한 수단이다. 사랑
하는 사람에게 큰 곰 인형을 선물했다면 그것은 나를 안아달라
거나 나를 안고 자라는 의사표시와 같이 작동하는 것이다. 결국
상대를 위해서 또는 자신을 위해 마련하는 사랑의 선물은 예전
에 경험하지 못한 과소비의 길로 빠져들게 한다. 원래 사랑은 반
자본주의적인 순수한 것이었지만 자본주의는 그것을 속물로 만

들어버렸다.

어쨌든 누군가를 사랑한다는 것은 누군가에게 사랑받기를 욕망한다는 것이다. 그것은 자기 자신을 사랑하는 환유적인 방법이다. 허접한 사람과 사랑을 하게 되면 자신도 허접해지고, 고귀한 사람과 사랑을 하게 되면 자신도 고귀한 사람이 된다. 이것이 사랑이 갖고 있는 진짜 비밀이 아닐까?

어쨌든 사랑할 일이다.

관음증과 노출증

관음증과 노출증의 시대다

누구는 무엇인가를 보고 싶어 안달하고, 누구는 무엇인가를 보여주고 싶어 안달한다. 둘 사이에 돈이 개입되어 있다. 이 상황은 남녀노소를 불문하고 나타나는 대한민국의 우울한 오늘이다. 참으로 천박하고 찌질한 대한민국이다. 문제는 그 천박함과 찌질함이 오히려 우상화되고 있고, 모든 사람들이 이루고자 하는 꿈이 되고 있다는 것이다. 참으로 천박의 극치다.

원래 관음증은 타인의 사생활이나 신체 등을 몰래 훔쳐보면서 성적만족을 얻는 증세다. 노출증은 자신의 사생활이나 신체 등을 타인에게 공개하면서 성적만족을 얻는 증세다. 어느 쪽이든 둘 다 정신병임에 틀림없다. 정상은 아니다. 그런데 대한민국 사람들은 정신병자가 되지 못해 안달한다. 더 노골적이고 거칠게 말하면 관음과 노출에 환장하며 일 년 내내 발정기에 걸린 것처럼 살아가고 있는 것이다. 관음과 노출에서 추구하는 최고의 가치(?)는 선정성이다. 선정적이지 않으면 아무도 눈길을 주지 않고, 아무런 의미도 갖지 못한다. 그래서 그런지 섹시함은 최고의 가치가 되었고 찬사가 되었다. 부러움의 대상이 되었다. 돈벌이의 지름길이 된 섹시함이 황금알을 낳는 거위가 된 것이다. 그러니 어느 누구 할 것 없이 섹시함을 위해 온몸을 던진다.

요즘 TV드라마를 보면 얼굴이 닮은 자매들이 많이 나온다. 모두 강남성형외과에서 다시 태어난 사람들이다. 예능 프로그램을 보면 시청자는 여성출연자의 섹시함에 환호하고, 예쁜 남자의 근육질 몸에 탄성을 지르며 부러워한다. 시청자들의 관심사는 대부분 섹시함이다. 예뻐도 섹시하고, 운동을 잘해도 섹시하고, 식스팩도 섹시하고, 목소리도 섹시하고, 표정도 섹시하다. 멋있다, 예쁘다, 대단하다, 기막히다, 놀랍다, 신기하다 등의 모든 형용사들은 모두 섹시함이라는 한 단어로 연결된다. 출연자는 남녀를 불문하고 돈 때문에 최대한 섹시하게 보이고자 자신의 영혼을 거리낌 없이 드러내놓는다. 그것을 보고 낄낄대는 시청자의 관음도 천박하긴 매한가지다.

돈은 모든 것을 해낸다

이런 정신병적 행태가 일상화된 세상에 우리는 살고 있다. 왜냐하면 자본주의 체제에서 돈은 관음증이든 노출증이든 정당화시켜버리기 때문이다. 돈은 정신병(?)도 아름답게 격상시켜버린다. 돈만 내면 합법적으로 관음할 수 있게 해주고, 돈을 받고 노출하면 법적으로 문제될 것이 없다. 돈을 많이 내면 낼수록 더욱더 내밀하게 훔쳐볼 수 있고, 더 많이 노출시킬 수 있다. 그 순간부터 관음증과 노출증은 정신병이 아닌 정상적인 비즈니스로서의 문화활동으로 인정된다. 이 과정에서 관음증은 취미활동이나여가활동으로 포장되고, 노출증은 개성의 분출과 예술적 능력의발휘 등으로 포장된다. 이렇게 돈은 좀 '거시기'한 행위라고 할 수있는 관음증과 노출증을 합법적이면서 부러움의 대상인 꿈의 실현으로 둔갑시켜버린다.

예능방송에 등장하는 노출의 주인공이 유명할수록 관음의 욕망을 만족시키기 위해 지불해야 하는 돈의 액수는 증가한다. 노출의 주인공은 자신이 더 많이 드러낼수록 더 많은 돈을 받게 되고 그 몸값을 유지하기 위해 더욱 노출에 집착하게 된다. 관음자도 노출자도 제정신이 아닌 것이다.

관음증과 노출증은 꿈의 지름길이 되었다

특히 리얼리티 프로그램은 여러 가지 측면에서 시청자의 관음적 욕망을 자극한다. 우선은 스타의 삶을 훔쳐볼 수 있다는 착시 현상을 일으키고, 시청자 자신도 언제든지 TV 속의 주인공이 되어 누군가의 시선을 받을 수 있다는 노출의 가능성에 대한 기대를 갖게 한다. 이 쇼는 관음증과 노출증이라는 상반된 욕망을 교묘하게 충족시키는 듯 보인다. 특별한 능력이 없는 자신도 운만 닿는다면 대중의 사랑을 받고 그것을 기반으로 부와 명예를 거머쥘 수 있는 황금알을 낳을 수 있다는 환상까지 더해지면서 '리얼리티 프로그램'은 현실이 아닌 꿈을 향한 관문이 되기도 한다.

관음증과 노출증을 이용한 비즈니스는 하나의 문화현상이 아니라, '공인된 매춘'이라고 보는 것이 훨씬 더 옳다고 생각한다. 문제는 그것이 사회를 병들게 한다는 것에 있다. 또 다른 문제는 그것들이 청소년층에겐 이루고 싶은 꿈이 되고 있다는 것이다. 청소년들은 관음증과 노출증에 대한 자신의 생각을 제대로 정리하지도 못한 채 허황된 환상을 갖게 된다. 그들 자신의 능력을 알기도 전에 노출에 대한 환상에 집착하여 그것에 많은 에너지를 쏟게 된다. 이는 개인에게도 손해인 동시에 사회적으로도 심각한 문제가 된다.

그러나 진짜 심각한 문제는 어른들이 관음증과 노출증을 부추긴다는 것이다. 아직 옳고 그름을 판단하기 어설픈 젊은이들에게 그 잘못을 떠넘기는 비겁한 어른들정부, 지도자 등 권력과 돈으로 갑질(?)을 일삼는 부류 말이다. 그들은 부끄러워하지도, 반성하지도 않는다. 오늘날 이 땅에서 일어나는 끔찍한 사건들, 절망적인 뉴스들이 그들에게서 비롯된 것임에도 불구하고.

사람은 일work을 해서 먹고 산다

　　　　　　　　일은 사람이 먹고사는 문제를 해결하기 위한 도구다. 또한 일은 인생 중에서 가장 많은 시간을 투여하는 것이기도 하다. 때문에 인생에서 일은 꽤 친하게 지내야 할 대상인 셈이다.

　누구든 일이 곧 행복이고 나의 전부라고 생각한다면 윤택한 인생을 살아갈 수 있을 것이다. 물론 성공도 할 것이다. 그러나 대부분의 사람들은 일과 인생의 즐거움을 별개라고 생각한다. 마치 일에 몰두하면 자신의 인생이 손해 본다는 식으로 잘못 생각한다. 그렇게 행동하면 여유 있는 프로처럼 생각하지만, 모든 불행은 여기에서 시작된다.

　대부분의 사람들은 일을 할 때직장에서건 어디에서건 행복하다고 생각하지 않는다. 살아가면서 가장 많은 시간과 노력을 일에 투여하면서도, 그 일이 행복하지 않으니 불행한 것은 당연하다. 그러면서 사람들은 행복하고자 새로운 취미를 찾아 삶의 의미와 즐거움을 찾고자 한다. 그것만이 나만의 인생을 살아가는 동력인 양 취미에 목을 매며 행복해졌다고 착각한다. 지금 하는 일 덕분에 그 취미생활을 할 수 있게 된 것인데, 일 때문에 나만의 인생을 살아갈 수 없다고 생각하여 일을 나만의 인생을 방해하는 사악한 존재로 만들어버린다. 그 착각은 불행을 부른다. 일을 등한시하니 일직장에서 좋은 성과를 낼 수 없다. 결국 직장을 잃게 되고 자신이 그렇게 하고 싶은 인생의 의미인 취미생활도 할 수 없게 된다. 취미생활을 하지 못하게 되니 또 불행해진다.

분명 취미보다 일이 먼저다

인정하기 싫지만 이는 엄연한 현실이다. 애써 부정하고자 하여도 별 도리 없이 그 틀 속에서 살아갈 수밖에 없는 것이 세상살이다. 그래서 우리 삶에서 경쟁력이라는 말, 능력이라는 말이 매우 중요해졌다.

그럼, 어떻게 하면 경쟁력이 생길까?

쉽다.

사랑하면 경쟁력이 생긴다. 사랑하면 알게 되기 때문이다. 고로, 알게 되면 사랑할 수 있는 것이다. 이렇게 사랑과 앎을 반복하다 보면 경쟁력이 생긴다. 전문가가 된다. 능력가가 된다. 이것이 성공으로 이어져 행복해진다. 결국 성공은 사랑한 결과의 모습인 것이다.

생각해보자. 당신에게 사귀는 사람부부, 연인, 친구이 있다고 하자. 누구든 사랑하게 되면 서로에 대해 알고자 한다. 서로 잘 알게 되면 상대방의 미세한 변화, 즉 눈 씰룩거림이나 걸음걸이만 봐도 상대방이 기분이 좋은지 나쁜지, 고민이 있는지 없는지 등을 쉽게 알아챈다. 순식간에 상대방의 상태를 알아차린 당신은 위로의 손길을 건네든지, 잠시 자리를 피해주고 조용히 기다려 줄 것인지를 판단할 수 있다. 이는 거의 자동적이다. 이러한 판단이 가능한 것은 상대방에 대한 정보가 많기 때문이다. 상대방에 대해 잘 모른다면 속절없이 사태파악 못하는 아둔한 사람이 되어버린다. 과연 미련퉁이인 당신 곁에 누가 남아 있겠는가.

철학은 지혜를 사랑하는 학문이라고 한다

너무 어려운 말이다. 지혜가 무엇인지 잘 모르니 사랑하는 것이 어렵고, 그렇게 학문은 뜬구름일 수밖에 없다. 그렇게 지혜도, 학문도 그리고 사랑도 제대로 모르니 그야말로 철학은 해괴망측한 놈이 되어버리는 것이다. 명사형으로 말하면 개념만 무성하여 문제가 추상적으로 바뀌어버려 도저히 핵심이 무엇인지 알수가 없게 된다.

동사형으로 풀어서 말하면, 일단 사랑하게 되면 그 대상을 제대로 알게 되어 파악할 능력지혜이 생기고 비로소 그 원리와 본질철학이 쉬워진다. 일단 상대방문제든 사람이든을 단편적으로 보지 말고 전면적으로 바라보라. 그러면 상대방의 일거수일투족이 한눈에 들어온다. 그렇게 본 모습이 보이기 시작하면 상대방이 갖고 있는 장점은 살려주고, 단점은 보완하면 된다. 장점은 쏟아낼수록 본질이 명확해진다. 본질이 명확해지면 사랑할 수 있는 지혜도 생겨나는 것이다.

피카소가 말했다

"많은 예술가들은 자기 자신을 위해 예술을 해야 한다고 한다. 예술을 사랑한다면 성공을 경멸해야 한다는 것이다. 그러나 그것은 잘못된 생각이다. 예술가는 성공해야 한다. 먹고살기 위해서가 아니라 자기 자신의 예술을 하기 위해서 말이다."

나는 이 말에 전적으로 동감한다. 오랫동안 내가 품어왔던 생각이기도 하다. 피카소가 예술가는 자신만의 예술을 하기 위해 성공해야 한다고 말한 것을 우리 삶에 빗대어보면 어떨까.

"나만의 인생을 살아가기 위해 지금하고 있는 일을 최선을 다해 사랑하자. 사랑해서 성공해야 한다. 남에게 보여주기 위해서가 아니라, 내가 원하는 나만의 인생을 살아가기 위해서다."

도처에 지금 하는 일 때문에 나만의 인생이 풍요롭지 못하다는 목소리가 높다. 지금 하는 일 덕분에 나만의 인생을 살아가고 있는 것은 아닌지 자문해 볼 일이다.

즐길 수 있는 능력

자본주의 이후의 사회는 무한경쟁사회가 되었다. 무한경쟁사회에서는 싫든 좋든 누구나 경쟁하며 살아가야 한다. 어느 누구도 경쟁을 피해서 살아갈 수 없다. 그 경쟁력은 창의성을 가지는 것에서 만들어진다.

《논어》〈옹야편〉에서 공자는 "아는 것은 좋아하는 것만 못하고, 좋아하는 것은 즐기는 것만 못하다"知之者不如好之者, 好之者不如樂之者(지지자불여호지자, 호지자불여악지자)라고 했다. 나는 이 말의 핵심을 어떤 일을 즐기는 것에서 창의적인 생각을 할 수 있고, 스스로 즐길 수 있어야 창의적으로 행동할 수 있음을 강조한 것이라고 생각한다.

그렇다면 즐기기만 하면 창의성이 생기고 경쟁력이 생기는가? 그럴 수도 있겠지만, 대부분 그렇지는 않다. 왜냐하면 창의성은 배경지식으로부터 자유롭지 못하기 때문이다. 창의성은 무無에서 유有가 나오지 않는다. 배경지식으로부터 나온다. 창의적인 활동은 언제나 기존에 알고 있던 지식을 바탕으로 문제를 바라보고, 문제를 판단하고, 문제를 해결하는 과정을 거친다. 그러므로 창의적이기 위해서는 어떤 것을 제대로 아는 과정을 거쳐야 하고, 좋아하는 과정을 거치고 난 다음 즐기는 과정으로 도달할 때 가능하다.

아는 것에 대한 기반 없이 좋아하는 것은 배신의 쓰라림을 맛보게 될 수 있고, 좋아하는 기반 없이 즐긴다는 것은 한낱 일장춘몽에 그치고 마는 일이 될 수 있다는 말이다. 아니 실제로 그렇게 된다. 결국 알고, 좋아하고, 즐긴다는 과정은 서로 다른 셋이 아니라, 서로 하나의 사슬로 연결된 다른 하나인 것이다. 그냥 즐기면 되는 것이 아니다. 누구나 다 알고 있는 사실이지만, 제대로 실천하는 사람은 드물다.

그렇다면 안다는 것은 어디에서 시작되는가?

그것은 실패에서 시작된다. '잘못 들어선 길이 지도를 만든다'는 말이 있다. 일반적으로 잘못 들어선 길은 한 번도 가보지 않은 길인 경우가 많다. 그 길에서 골짜기를 만날 수도 있고, 절벽을 만날 수도 있다. 그 과정을 거쳐 새로운 지도가 만들어진다. 결국 실패를 거듭하면서 터득하게 되는 것이다. 실패하지 않는다는 것은 아무것도 하지 않는 것이나 마찬가지다. 거듭되는 실패를 두려워해서는 낯선 길을 헤쳐 나갈 수가 없다.

사실, 아는 것은 머리를 훈련하는 것이고, 좋아하는 것은 마음을 훈련하는 것이며, 즐기는 것은 몸을 훈련하는 것이다. 몸을 훈련한다는 것은 행동하는 것이다. 아는 것이든, 좋아하는 것이든, 즐기는 것이든 행동으로 나타날 때 그 힘을 발휘한다.

피터 드러커 교수는 《자본주의 이후의 사회》라는 책에서 이와 비슷한 관점으로 말하였다.

"정말이지 피아노 건반을 두들기는 것보다 더 지루한 일은 없다. 그러나 명성을 날리고 연주활동을 많이 하는 피아니스트일수록 더 열심히, 매일매일, 하루도 빠뜨리지 않고 연습하지 않으면 안 된다. 피아니스트들이 연주기술을 조금이라도 향상시키기 위해서는 여러 달 동안 같은 악보를 계속 연습해야 한다. 그리고 나서야 비로소 피아니스트들은 그들이 마음의 귀로 듣게 된 음악적 성과를 얻을 수 있다. 마찬가지로 외과의사가 수술에 필요한 기술을 조금이나마 개선하기 위해서는 여러 달 동안 봉합기술을 연습해야 한다. 유능한 외과의사일수록 더 열심히 틈나는 대로 봉합기술을 연마해야 한다. 그것이 결국 그들의 수술시간을 단축시키고 또한 인간의 생명을 구하는 것이다."

《자본주의 이후의 사회》, 한국경제신문사, 2002

그의 가르침은 무한경쟁시대를 살아가는 현대인에게 기본을 알고 성실하게 노력하는 것이 곧 경쟁력이 될 수 있음을 일깨워 준다. 분명 그렇게 하는 것이 이 무심하고 위험한 세상에서 그래도 의미 있게 살아갈 수 있는 방법이다. 경쟁력을 키우는 방법이다. 또한 창의력을 키우는 방법이기도 하다.

그러나 아무리 경쟁력을 키우는 일이라 하더라도 지루한 일을 꾸준히 한다는 것이 얼마나 힘들겠는가? 사실 지루한 일을 꾸준히 해야 하는 것처럼 사람을 미치게 하는 일도 없다. 아무리 경쟁력도 좋지만 그렇게 살아갈 필요가 있을까? 만약 그렇게 살아야 한다면, 정말 불행한 인생이 아닐 수 없다.

창의성은 지루한 일을 열심히 노력한다고 해서 생기는 것이 아니다. 피터 드러커의 말에 공자의 가르침을 더한다면 온전한 창의적 경쟁력을 가질 수 있을 것이다.

어차피 무한경쟁사회에서 살아가야 한다면, 어차피 해야 할 일이라면, 어차피 피할 수 없다면, 즐기면서 할 일이다. 그것은 바로 지금 하고 있는 일, 지금 하고 있는 공부, 지금 만나는 사람에게서 즐거움을 찾는 것이다. 오늘날에 있어 창의성은 21세기를 살아가는 최고의 무기가 아니던가? 단순히 아는 수준을 넘어서, 좋아하는 수준을 넘어서, 즐기는 수준에 도달하기 위해서는 일단 저질러보는 것이 필요하다.

얕은 지식으로 지식을 즐길 수 없고, 서툰 실력으로 피아노를 즐길 수 없는 것과 마찬가지이다. 피아노를 즐기기 위해서는 피아노를 잘 칠 줄 알아야 하는 것은 기본이 아닌가? 피아노를 잘 못 치면서 피아노를 즐기고자 하는 것은 세상의 웃음거리가 될 뿐이다. 세상에는 즐기고자 하는 사람은 많아도 기본을 갖추고자 노력하는 사람은 드물다.

벗과 친구

　　요즘에는 친구라는 말은 많이 사용하고 있지만, 벗이라는 말은 별로 사용하지 않는다. 벗은 순우리말이고, 친구는 한자어다. 둘의 뜻은 별반 다르지 않다. 동의어라고 해도 무리가 없다. 그렇지만 관점에 따라 그 둘은 매우 다를 수도 있다.

　　사전적 의미로 '친구親舊'는 가깝게 오래 사귄 사람이고, '벗'은 '같은 스승 아래에서 동문수학한 친구朋(붕)'이거나, '뜻을 같이 하는 친구友(우)'라는 두 가지 의미가 있다. 그러므로 크게 보면 친구가 가장 큰 개념이고, 벗은 친구 속에 있는 좀 세분화된 개념이라고 생각할 수 있다. 말하자면 친구는 우리가 알고 있는 친구이고, 벗은 오히려 동지에 가까운 말이 되는 것이다.

　　나는 '벗'과 '친구'를 구분하여 사용한다. 내 생각을 정리하기 편하기 때문이다. 때에 따라서는 친구가 벗이 될 수 있고, 벗도 친구가 될 수 있지만 늘 그렇지는 않는다. 친구는 말 그대로 오래두고 사귄 벗이므로 서로 가깝게 지내면서 오래도록 마음을 나눌 수 있는 사이라면 누구라도 가능하다. 예를 들어, 어릴 적 친구, 고교동창 등 여러 형식의 친구가 가능할 수 있다. 그런 친구들을 만나면 마음이 편해지고 정겹다. 하지만 그 친구들이 졸업 후 서로 다르게 살아가면서 서로의 삶의 방식은 매우 달라지게 마련이다. 그러한 상황에서 서로 간의 뜻이나 가치를 공유하기는 매우 어렵다. 그러므로 친구 사이에는 격의 없는 정담은 일어날지 모르나, 어떤 가치에 대해 서로 토론하기는 어렵게 되는 것이다.

어쨌든 친구 사이에서는 뜻을 나누기도, 공동의 가치를 나누기도 어렵다. 서로 정답게 이야기를 나눌 뿐이다. 반면에 벗은 얼마나 오래 사귀었느냐에 초점이 맞추어져 있는 것이 아니라, 서로 뜻을 같이 할 수 있느냐, 가치를 공유할 수 있느냐가 기준이 된다. 벗의 뜻은 《논어》〈학이편〉의 '유붕자원방래 불역락호有朋自遠方來 不亦樂乎'라는 말에서도 확연히 드러난다. 즉, 뜻을 같이하는 친구가 먼 곳에서 스스로 찾아오니 – 서로의 마음속에 있는 뜻과 가치에 대해 담론을 펼칠 수 있으니 – 어찌 즐겁지 않겠느냐는 것이다. 때에 맞게 배워 익히고 깨닫는 것은 '기쁜 일'이고, 친구와의 담론은 '즐거움'을 준다는 것이다. 사실 뜻과 가치를 공유하는 벗과의 대화는 이 세상 어느 놀이보다도 즐거운 일이다.

어쩌면 인간이 누릴 수 있는 최고의 즐거움이라고 해도 틀린 말이 아닐 것이다.

어쨌든 친구 사이에서는 정담을 불러올 수 있고, 벗과는 담론을 펼칠 수 있다는 것이 둘의 다른 점이다.

그렇다면 왜 나는 둘을 굳이 구분하려는 것인가? 가끔, 아주 가끔 이 둘을 구분하지 못해서 낭패를 당할 수 있기 때문이다. 예전에 친한 친구에게 친한 사이니까 내 정치적 뜻이나, 내 삶의 가치를 별 거리낌 없이 얘기를 꺼낸 적이 있다. 또 그렇게 말할 때는 당연히 친구가 내 뜻에 동의해 줄 것이라고 생각했다. 그런데 갑자기 그 친구가 뜨악해 하더니 이내 거북한 반응을 내비쳤다. 서운해진 순간 속상하게도 다정했던 친구 하나를 잃어버리는 기분이었다.

악의는 없었지만, 한마디로 번지수를 잘못 찾은 것이다. 벗에게 해야 할 말을 친구에게 잘못한 결과였다. 이렇게 벗과 친구라는 번지수가 어긋나면 본의 아니게 친구를 불편하게 만들고, 때로는 폭력을 부르게 될 수도 있다. 사실 이런 일은 우리 주변에서 비일비재하게 생겨나고 있다. 그래서 상처받는다. 그 모든 것이 벗과 친구를 혼동했기 때문이다. 친구에게 미래를 요구하고, 벗에게 추억을 바라는 것은 분명 넌센스다.

중국의 일상적인 실천도덕을 구체적으로 나타낸 《공과격功過格》이라는 책에서는 벗친구 사이에 '공善'이 되는 일과 '과惡'가 되는 것에 대해 다음과 같이 정리하여 매일매일 삶의 귀감으로 삼게 한 내용이 있다.

공이 되는 일은 ① 어진 벗을 친근히 하면 하루에 일공이다. ② 음란한 벗이 청하여도 놀이하는 데 쫓지 아니하면 일공이다. ③ 벗의 허물을 보고 진심어린 말로 착한 일로 인도하면 십공이다. ④ 죽은 벗을 잊어버리지 아니하면 삼십공이다. ⑤ 어렵고 빈천하였을 때의 벗을 잊어버리지 아니하면 삼십공이다. ⑥ 벗이 그 아내나 아들을 부탁한 것을 저버리지 아니하면 오십공이라 하였다.

허물이 되는 일은 ① 벗이 그 아내와 아들을 부탁한 것을 저버리면 오십과이다. ② 죽은 벗과 비천하였을 때의 벗을 저버리면 오십과이다. ③ 오랜 벗을 가벼이 끊어버리면 이십과이다. ④ 음란한 벗을 따라 놀고 희롱하면 삼과이다. ⑤ 구차한 벗을 싫어하면 삼과이다. ⑥ 벗과 실없는 말로 시시덕거리며 부모처자를 들먹이면 삼과라 하였다.

가히, 벗을 사귈 때의 실천항목으로 삼을 만하다. 하나하나 꼽아보면 내가 그리고 오늘을 살아가는 우리가 너무 다른 방식으로 친구를 사귀고 있는 것 같아 눈앞이 깜깜해진다.

친구와 벗 중 어느 쪽이 낫다는 것을 말하고자 하는 것이 아니라, 단지 둘의 차이를 구분해서 친구에게 상처를 좀 덜 주고, 자신도 덜 받고자 하기 위함이다. 둘 다 서로 마음을 나눈다는 점은 같지만, 친구 사이에서는 과거의 추억이 대화의 주를 이루고, 벗 사이에서는 과거보다 미래를 위한 대화가 주를 이루면 별 문제가 없다는 것이 서로 다른 점이다. 어쨌든 친구이면서 벗도 되고, 벗이면서 친구도 될 수 있다면 금상첨화다. 친구든 벗이든 셋만 있으면 성공한 인생이다. 사실 하나만 있어도 행복한 인생이라 생각한다.

아무튼 벗과 친구를 혼동하여 멀쩡한 좋은 친구 잃어버리는 불상사가 없었으면 하는 바람이다.

변해야 변하지 않을 수 있다

세상만물은 변한다. 변하는 것은 당연한 일이다. 이 세상에 변하지 않는 것은 없듯이 사람도 변한다. 우선 나이가 들어감에 따라 물리적으로 그 모습이 변해간다. 늙어가는 것이다. 그리고 시간이 지남에 따라 그 사람의 생각도 변한다. 생각이 성장하는 것이다.

이처럼 변하기 때문에 사람이고, 변할 수 있기 때문에 인간은 가능성이 있다고 말할 수 있다. 어쨌든 사람은 변해야 살아갈 수 있다. 만약 변하지 않고자 한다면, 그는 이미 인간으로 살기를 포기한 것이나 마찬가지라고 해도 틀리지 않다. 《W이론》의 저자 이면우 교수는 '작년의 생각과 올해의 생각이 같으면, 일 년을 시체로 산 것이나 마찬가지'라고 말했다. 그렇다. 변하지 않는 사람과의 만남은 마치 시체와 만나는 것과 마찬가지다. 시체와 만나고자 하는 사람은 아무도 없다. 변해야 한다.

예전에 총명하고 훌륭하다고 생각했던 사람을 오랜만에 만나 대화하다가 실망하는 경우가 있다. 우리가 실망하는 이유는 그 사람의 생각이 변하지 않았기 때문이다. 특히 이런 실망은 친구나 후배보다는 선배와의 만남에서 더욱 분명하게 나타난다. 예전 그 선배는 나의 우상이었는데 강산이 몇 번은 바뀐 지금, 그 선배의 생각은 조금도 성장하지 않고 더 굳어져 마치 벽창호랑 대화하는 것 같은 기분이 들게 되면, 나도 모르게 숨이 '턱'하고 막혀버린다. 빨리 그 만남이 끝나기만을 바라게 된다. 달리 도리가 없다.

문제는 생각이 멈춰버린 것이다. 생각이 멈춰버리면 자기중심적이 된다. 자기중심적이 되면 자기 멋대로 추론한 것을 '옳다'라고 단언하게 된다. 그래서 상대방을 당황스럽게 만들어 인간관계를 손상시키게 되고, 의사소통을 제대로 할 수 없게 된다. 특히 자기중심적인 사람은 주위환경이나 패러다임 등이 변하고 있는데도 자기의 과거경험만을 고집하고, 그것만이 옳다고 주장한다. 물론, 다른 사람이 말하는 새로운 정보에 귀를 기울이려 하지 않는다. 이러한 태도로는 대화가 되지 않는다. 귀를 기울이지 않으니 상대가 말하는 의미도 이해하지 못한다. 같은 말이라도 사용하는 사람, 장소, 상황에 따라 의미가 달라지고, 억양이나 태도에 따라서도 의도가 달라진다. 그러나 자기중심적이 되면 이 모든 것을 무시하게 된다. 무릇 좋은 대화를 위해서는 말하는 데 30%, 듣는 데 70%를 할애해야 하지만, 말하는 데 70%, 듣는 데 30%가 되어, 때로는 말하는 것이 90% 이상이 되어 대화를 망치게 된다. 그런 일이 계속되면 그 사람은 '꼰대'라는 소리를 듣게 된다. 꼰대가 무엇인가? 고리타분하고 답답한 사람 아닌가! 결국 사람들이 홍해 갈라지듯 그를 피하게 된다.

그럼에도 불구하고 사람들은 자신이 생각하는 정의와 윤리 등 올바른 가치들을 시류에 상관없이 그대로 지켜나가고자 한다. 변하지 않고자 하는 것이다. 이렇게 젊은 날의 명석한 생각이 변질되지 않고, 나이가 들어서도 그대로 간직하고 있는 사람을 우리는 존경한다. 분명 그 가치를 평생 동안 그대로 유지하며 살아갈 수 있다는 것은 매우 행복한 일이다. 물론 쉬운 일은 아니다. 그 가치를 지켜가기 위해서는 매우 많은 노력을 필요로 하기 때문이다.

그렇다면 어떻게 하면 명석했던 그 생각, 그 가치를 오래도록 변질시키지 않고 유지하면서 살아갈 수 있을까? 그렇게 해서 오랜만에 선배나 후배나 친구를 만나더라도 예전의 모습 그대로 반갑게 만나 대화하고, 좋은 인상으로 남고, 또 좋은 만남을 약속하며 아쉽게 헤어질 수 있을까?

그것은 스스로 변하는 것이다. 스스로 변한다는 것은 공부하는 것이다. 공부를 하게 되면 생각이 자라게 된다. 생각이 자라면 힘이 생긴다. 생각의 힘이 생기면 항상 신선함을 유지할 수가 있다. 상대방을 이해할 수 있고, 마음의 여유가 생긴다. 그렇게 되면 나의 가치를 변화시키지 않더라도 충분히 내 가치대로 세상을 살아갈 수 있다. 내 삶의 주인으로 살아갈 수 있는 것이다. 물론 누구와도 즐겁게 대화할 수 있다. 선배건, 후배건, 젊은 사람이건, 나이든 사람이건 누구와도 즐겁게 대화하며 살아갈 수 있다. 공부하여 생각을 자라게 함으로써 원래의 나를 지킬 수 있다. 그야말로 스스로가 변해야 스스로를 변하지 않게 만들 수 있는 것이다.

사람이 살아가면서 가장 삶의 재미를 느끼고 의욕을 느끼는 시간이 말이 통하는 사람과 즐겁게 대화하는 시간이라고 한다. 그래서 좋은 대화는 장수의 비결이라고까지 말한다. 이야기할 상대를 잃어버린 것만큼 괴롭고 불행해지는 일도 없다. 유신정권시대의 사고방식으로 오늘을 살아갈 수 없듯이, 어제의 생각으로 오늘을 살아갈 수 없다. 대화가 불가능하기 때문이다. 오해란 대화의 부족에서, 고독이란 대화의 결여에서, 비극이란 대화의 단절에서 생겨난다. 우정이란 대화의 교류이고, 사랑이란 대화가 충만한 상태이며, 행복이란 대화의 완성이라는 말이 틀린 말이 아니다.

생각이 멈춰버리면 대화 자체를 할 수가 없게 된다. 만약 나 자신이 앞뒤가 꽉 막힌 선배의 입장이라면, 또는 후배의 입장이라면 어떨까? 끔찍하지 않을까? 솔직히 나는 소름이 끼친다. 혹시라도 나 자신이 생각이 멈춰버린 '꼰대'로 살아가고 있지는 않은지 반성해보자.

친구와
나누고
싶은
이야기

나이 듦은 노하우다.
기죽지 말자.

친구와 나누고 싶은 이야기

사랑이 저지르는 폭력

아리스토텔레스가 살던 시대에도, 공자가 살던 시대에도 젊은이들은 버르장머리가 없었다. 그렇게 버르장머리가 없기는 요즘도 마찬가지다. 그러니까 그들은 항상 버르장머리가 없다. 어제 오늘만의 일이 아니다. 그것이 인류의 역사다.

어쩌면 그들의 버르장머리 없음은 환영하여야 할 일이지 않을까? 그것은 기존의 관습과 관행을 깨려하는 몸부림이기 때문이다. 아직은 서투르지만 순수와 열정이 있는 행동이기 때문이다. 냉정하게 보면 젊은이들은 항상 문제가 있는 것이 아니라 항상 건강했다고 보는 것이 맞다. 지극히 정상인 것이다. 그런데 요즘 어른들이 젊은이들을 나무라는 말이 하나 더 늘었다. 도대체 생각하지 않는다는 것이다. 더 나아가 생각 자체를 못한다는 것이다.

왜 그럴까? 누가 그들을 그렇게 만들었을까? 사실 요즘 젊은 이들은 단군 이래 가장 스펙이 좋은 똑똑한 집단에 속한다. 그럼에도 불구하고 왜 '생각하지 못한다'고 하는 것인가? 이것도 때문은 어른들의 맹목적인 넋두리일까?

아니다. 그것은 사실이다. 여러 가지 이유가 있을 것이다. 그들을 생각하지 못하게 만든 몇몇의 죄인이 분명 존재한다.

첫 번째 죄인은 그들을 가장 사랑하는 부모들이다

현재의 부모들이 자식으로 학교를 다닐 때는 부모가 자식 공부를 도와주려고 해도 딱히 도와줄만한 것이 없었다. 대부분의 부모가 자식보다 새로운 세상에 대해 몰랐기 때문이다. 그래서 부모가 할 수 있는 일은 오직 사랑으로 안아주고 정성을 다해 뒷바라지를 하는 정도였었다. 그것이 최선이었다.

그때의 자식들은 새로운 세상의 새로운 문법 속에서 살아가기 위해서는 조언을 받아야 했지만 조언을 받을 곳이 없었다. 그러므로 스스로 생각할 수밖에 없었다. 물론 돈도 없었기에 요즘처럼 과외를 받을 수도 없었다. 오직 스스로 생각할 수밖에 없었다.

그러던 그들이 부모가 되었다. 그들은 충분히 교육받았고, 세상물정도 잘 아는 똑똑한 사람이 되었다. 세상의 잘못된 관행과 불공평한 어두운 면 그리고 지연, 혈연, 학연의 힘도 잘 알았다. 그래서 그들은 자식에게는 그런 잘못된 세상에서 기죽게 하고 싶지 않았다. 그래서 자식들의 인생공부에 관여하게 된다. 이러한 욕심에 가득 찬 똑똑한(?) 부모들은 자식이 생각하기도 전에 "이렇게 해라", "저렇게 해라", "그러면 안 된다"며 모든 것에 관여한다.

또 자식이 여러 날 동안 고민해서 어떤 의견을 내면, 부모는 그 의견을 듣고 단 10분만에 더 탁월한 답을 제시한다. 이러한 경우를 몇 번 당해본 자식은 언젠가부터 생각하려 하지 않는다. 생각해봤자 그의 부모보다 더 나은 답을 얻기 어려우므로 아예 처음부터 생각하지 않고 부모의 생각을 받아먹을 뿐이다. 결국 아이는 생각하지 못하는 멍청이가 되어버리는 것이다.

두 번째 죄인은 학교다

학교는 생각의 넓이를 키우는 곳이다. 배려, 우정, 사랑, 경쟁을 배우고 지식도 쌓아가는 곳이다. 그러므로 선생님의 역할이 매우 중요하다. 부모의 주관적인 사랑이 아니라, 선생님의 객관적인 사랑으로 아이들은 인생의 기준을 만들어가는 곳이다.

그러나 요즘 학교에서는 학생들을 생각하게 가르치면 무능한 선생님이 되고, 생각하지 못하게 가르치면 훌륭한 선생님으로 인정받는다. 학생과 부모가 생각하는 법은 시험점수 올리는 데 방해된다고 격렬하게 항의하기 때문이다.

그래서 어쩔 수 없이 선생님들은 학생들이 생각하지 않고 입만 벌리고 있으면 받아먹을 수 있게 시험답안을 입속에 넣어주는 일만 한다. 학생들은 아무 생각 없이 그것을 받아먹으면서 실력 있는 선생님이라고 생각한다. 선생님을 오직 점수를 올릴 수 있는 도구로만 보는 것이다. 이러한 분위기는 학교나 학원, 어디에서고 마찬가지이다. 그래서 선생님은 고민에 고민을 거듭해서 가능한 한 학생들이 오직 정답만 찍을 수 있는 방법을 가르칠 수밖에 없다. 학생은 집에서와 마찬가지로 학교에서도 생각하는 방법을 배우지 못하는 것이다.

세 번째 죄인은 참고서다

요즘 참고서 너무 친절하다. 미주알고주알 모든 것이 잘 정리되어 있다. 그저 참고서만 줄기차게 외우면 된다. 높은 점수를 받기 위해서 더 이상 생각할 필요가 없으니 학생들은 생각하려 하지 않는다. 김소월의 시를 읽고 본인이 어떻게 느꼈는지는 점수를 올리는 데 전혀 도움이 되지 못한다. 참고서가 알려주는 대로 써내야 점수를 올릴 수 있다.

인생의 깊이와 가치는 생각에 의해 만들어진다. 생각할 수 있어야 느낄 수 있고, 느낄 수 있어야 감동도 받을 수 있다. 감동의 경험 없이 인생의 깊이는 만들어지지 않는다. 그런데 우리 아이들은 시 한 수, 소설 한 편, 그림 한 점을 감상할 여유를 갖고 있지 못하다. 그들이 알고 있는 것은 부모님이 느낀 것이고, 선생님이 느낀 것이며, 참고서를 만든 사람이 느낀 것이다. 그들 스스로 경험하고 느낀 것은 하나도 없다. 경험하고 느낀 것이 없으니 생각할 것도 없는 것이다.

결국 요즘의 젊은이들을 생각하지 못하게 하는 죄인은 부모, 학교, 참고서인 것이다. 어른들은 그렇게 생각하지 않겠지만 그들이 공모해서 아이들을 생각하지 못하는 바보천치로 만든 것이다. 그런데도 어른들은 젊은이들을 보면서 '요즘 애들은 도무지 생각하지 못한다', '도대체 스스로 할 수 있는 일이 없다'고 개탄한다.

우리 모두 생각해 볼 일이다. 어른들이 진정으로 자식을 사랑했는지, 진정으로 그들에게 이롭게 했는지, 진정으로 그들의 행복을 위해 온 힘을 다하였는지, 혹시라도 어른들의 꿈을, 어른들의 피해의식을 그들을 통해 대신 이루려 한 것은 아닌지 깊이 반성해 볼 일이다.

분명한 것은 부모라는 이유로, 어른이라는 이유로, 사랑한다는 이유로 그들의 인생에 깊이 관여할 권리는 없다는 것이다. 그것은 또 다른 폭력이다. 지금까지 어른들의 잘못된 사랑이 저지른 이러한 오류들이 하늘을 찌른다는 것에 당신은 동의할 수 있는가?

'아들을 위한 기도' 유감

맥아더 장군Douglas MacArthur의 '아들을 위한 기도'는 유명하다. 읽어보면 그야말로 주옥같은 명구절들이다. 누구나 읽으면 마음이 편안해진다고 말한다. 여러 말할 것 없이 한 번 읽어보자.

오, 주여, 제 아들이 이런 사람이 되게 하소서
약할 땐 자신을 돌아볼 만큼 강하고
두려울 땐 자신에 맞설 만큼 용감하고
공정한 패배에 부끄럽지 않고 당당하며
승리에 겸허하고 너그러운 사람이 되게 하소서

제 아들이 원칙이 있는 사람이 되게 하시고
주님을 알고 자신을 아는 일이 지식의 초석임을 깨닫는 사

람이 되게 하소서

비오니, 그를 편안한 길로 인도하지 마시고

고난과 도전이 주는 긴장과 박차를 받도록 하시며

폭풍우를 견디는 법을 배우게 하시고

실패하는 이를 관용으로 보듬는 법을 배우게 하소서

제 아들이 마음이 깨끗하고 목표가 높은 사람,

남을 다스리려 하기 전에 자신을 다스릴 줄 아는 사람이 되

게 하소서

웃는 법을 배우되 우는 법을 잊지 않게 하시고

미래를 향해 나아가되 과거를 결코 잊지 않는 사람이 되게

하소서

이 모든 걸 허락하신 다음, 비오니

제 아들에게 넉넉한 유머감각을 주시고

늘 진지하면서도 너무 지나치게 심각하지 않게 하소서

겸손함을 주시어 참된 위대함은 소박함에 있고

참된 지혜는 열린 마음에 있으며

참된 힘은 약함에 있음을 늘 기억하게 하소서

그리하면 아비되는 저, 감히 고백할 수 있겠지요.

제 인생을 헛되이 살진 않았다고.

아멘.

    다시 읽어보아도 나무랄 데 없는 글이다. 맥아더는 자식을 아주 사랑했나보다. 하지만 나는 이 기도를 읽으면서 아버지의 지극한 사랑을 느끼기보다는 아버지의 대책 없는 폭력성(?)을 느낀다. 그런 면에서 나의 시각이 편파적임을 흔쾌히 인정한다. 그럼에도 불구하고 나는 왜 이 기도에 폭력성이 담겨 있는지 말하고자 한다. 우선 맥아더는 자식에 대한 기대가 너무 크다는 것이다. 이 기도의 내용대로 하자면, 자식은 거의 신이 되거나, 최소한 인간으로서는 완벽한 성인군자가 되어야 한다.

    맥아더의 기도대로 살아가는 것이 쉬운 일인가. 결코 아무나 할 수 있는 일이 아니다. 과연 자식이 그렇게 살아갈 수 있을까? 아버지가 그렇게 살았다고 해서 자식도 그렇게 살아야 하는 것은 아니다. 아버지는 아버지의 뜻대로 인생을 살면 되고, 자식은 자식의 뜻대로 인생을 살면 된다. 그 이상도, 이하도 아니다. 자식은 그저 한 보통사람일 뿐이다. 자식의 인생은 거기에서 시작된다. 그 과정에서 자식이 훌륭한 삶을 살게 되는 것은 아버지의 영향도 있겠지만, 자식의 인생은 분명 자식 스스로의 선택에 의한 것이다. 그래야 자식은 자신의 인생에 책임을 질 수 있다. 자식에겐 자식이 원하는 인생이 있을 것이다. 그럼에도 불구하고 맥아더는 자신의 신념을 자식에게 당부하기보다 강요하고 있다. 맥아더에게는 오랜 인생을 살아보고, 자신이 느낀 좋은 점과 나쁜 점을 자식에게 일러주는 기도였겠지만, 그것을 따라야 하는 자식에게는 더없이 큰 짐이 될 수 있음을 모르고 있는 것이다. 이런 경우 자식은 자신의 인생에 대해 책임을 질 수가 없게 된다. 만약 내가 그의 아들이었다면, 숨이 막혀 살아갈 수가 없었을 것이다. 아버지의 말을 따르고자 한다면 너무 힘들게 세상을 살아가야 한다고 생각할 것이기 때문이다.

그렇다면 이 기도를 받은 맥아더의 아들은 인생을 어떻게 살게 되었을까? 궁금해서 인터넷에서 한 번 찾아보았다. 맥아더는 첫 번째 결혼에 실패하고, 두 번째 결혼에서 외아들을 얻었다. 그의 아들 '아서 맥아더 4세Arthur MacArthur Ⅳ'는 현재 뉴욕에서 색소폰 연주가로 활동하면서 살아가고 있다고 한다. 그는 아버지의 그늘이 너무 부담스러워 '성姓'을 바꾸고 보통사람으로 평범하게 살아가고 있다고 한다.

과연 맥아더의 아들은 그의 바람대로 인생을 살아가고 있는 것일까? 맥아더의 기대는 이루어진 것일까? 나는 아니라고 생각한다. 얼마나 아버지의 바람이 부담스러웠으면 성까지 바꿨을까? 생각해보면 나는 그 아들의 부담스러운 마음이 백 번 이해된다.

우리 부모들은 자식을 사랑하는 마음으로 자식은 나처럼 살지 않게 하고 싶고, 나보다 더 나은 사람으로 살게 하고 싶고, 나보다 더 평안한 삶을 살게 하고 싶어 한다. 하지만 그 마음이 깊으면 깊을수록 오히려 자식에게 독을 물려주는 결과가 될 가능성이 많다. 아무리 자식을 위하는 마음이라 하더라도 과하면 역효과가 생긴다. 오늘 대한민국의 부모들은 자신도 모르는 무리한 요구를 자식에게 강요하면서 살아간다. 그리고 그것을 사랑이라 믿는다. 자식을 위해 자신의 모든 것을 다 바친다고 생각한다. 그런데 지극한 사랑을 받은 자식은 피곤하다. 괴롭다. 도대체 숨을 쉴 수가 없다.

자식은 자식대로 하나의 독립된 인격체다. 그 인격체가 살아가고자 하는 대로 살아갈 수 있도록 도와주는 것이 부모의 할 일이다. 부모가 봐서 좋은 인생인 것 같아도 자식에게는 그렇지 않을 수 있다. 그럼에도 불구하고 "내가 살아봐서 아는데"라면서 부모가 원하는 대로 자식이 살아가게 한다면, 자식의 인생은 어디에서 찾을 수 있겠는가? 그 자식은 행복한 인생을 살아갈 수 있을까? 부모가 진정으로 알아야 할 것은 자식의 인생에 너무 깊숙이 관여하는 것도 사실은 폭력이 될 수 있다는 것이다. 최소한 나의 인생을 위하여 자식을 도구로 삼는 나쁜 부모는 되지 말아야 하지 않겠는가?

내 자식의 따귀를 때려라

사실 요즘 세상은 어느 누구도 믿기 어려운 세상이다. 끝없는 경쟁 때문이다. 그 경쟁은 승자독식의 원칙을 따르고 있다. 승리한 1%에게만 유리하고 승자가 되지 못한 99%는 곧바로 패배자로 낙인찍혀버린다는 것이다. 현실은 승자가 되지 못한 99%가 어디에도 하소연할 곳이 없게 만들어버린다. 이러한 불평등하고 불편한 경쟁이 사람들을, 세상을, 믿을 수 없게 만들어버린 것이다.

이런 경쟁사회에서도 부모는 자식이 반듯하게 자라서 남들에게 인정받고 번듯하게 살아가기를 바란다. 그래서 부모는 자식을 이 세상의 규칙에 맞게 키우기 위해 자신이 할 수 있는 수단과 방법을 동원하여 자식을 교육시키고자 한다.

그 마음의 핵심에는 내 자식이 이 무서운 세상에서 다른 사람에게 속절없이 따귀 맞는 것을 원하지 않기 때문이다. 또한 내 자식이 다른 사람에게 업신여김 받거나 창피당하는 것도 원치 않기 때문이다. 그 마음이 강하면 강해질수록 내가 할 수 있는 정당한 수단과 방법이 자신도 모르게 부당하게 바뀌어 버리게 된다. 아무리 내 자식이 큰 잘못을 했다고 하더라도 반성하기보다는 그 상황을 모면하기 위한 꼼수부터 찾는다는 것이다. 일견 이해할 수 있는 부모의 마음이다. 충분히 이해한다. 하지만 이해한다고 해서 문제가 해결되는가. 문제의 해결은 무엇보다 철저한 자기반성이 있어야 가능하다. 그 반성은 반듯하고 능력 있는 자식으로 키우기 위함 때문이다.

부모의 사랑이 크다고 자식을 제대로 교육시킬 수 있는 것은 아니다

대부분의 부모는 자식을 객관적으로 바라보기가 어렵다. 내 자식은 무조건 옳고, 똑똑하고, 특별하다고 생각하기 쉽기 때문에 자식의 본모습을 보기도 어렵고, 엄격하기도 어렵다. 더군다나 요즘처럼 자식이 하나나 둘일 경우에는 어떤 자식이든 다 왕자이고 공주이기 때문이다. 그 외에도 수많은 이유가 있을 것이다. 물론 자식을 색안경을 벗고 투명하게 바라볼 수 있는 부모도 있겠지만, 대부분의 경우 그렇지 못한 부모가 훨씬 많다. 왜냐하면 부모 역시 신뢰가 무너진 복잡하고, 무서운 세상에서 살아가야 하기 때문이다.

자식에 대한 대부분의 문제는 학교가 아니라 집에서 시작된다

세상이 험해서 그런 것인지 요즘 '버릇없는 부모(?)'들이 많아졌다. 그 버릇없는 부모가 바로 당신일 수도 있고, 나일 수도 있다. 버릇없는 부모들이 버릇없는 자식을 만든다. 문제는 버릇없는 부모가 하는 말과 행동을 보고 자식은 그대로 따라 하는 것이다. 그러니 자연 그 자식도 버릇없는 행동을 쉽게 하게 된다. 집안에서 뿐만 아니라, 학교나 사회에서도 그런 행동을 무심코 해버리게 된다. 문제는 자신이 잘못하고도 그 잘못조차 깨우치지 못하게 되고 오히려 남을 탓하고 비난한다는 것이다. 한마디로 '싸가지 없는 아이'가 되어간다.

부모들의 잘못된 자식사랑 대부분이 자식을 '싸가지 없는 놈'으로 만들고 있는 것이다. 실제로 적당히 싸가지가 없어야 자식이 이 험한 세상을 온전히 살아갈 수 있다고 생각하여 자식에게 그러한 행동을 부추기는 부모도 많은 것을 부정할 수 없다.

결국 버릇없는 자식을 만든 원인은 부모인 것이지 세상에게 그 모든 잘못을 전가하기는 어렵다.

부모가 알아야 할 일이 있다

부모가 선생님을 우습게 알면, 학생도 선생님을 얕잡아본다. 그러니 만만한 선생님에게서 인성교육을 제대로 배울 수 있겠는

가. 우스운 사람에게 무엇을 배운단 말인가? 버릇없이 자란 학생은 사회라는 세상에 나가서도 어김없이 버릇없는 행동을 하게 된다. 어느 정도 울타리가 되어주던 학교와는 달리, 사회라는 냉정한 세계에서는 그런 철 없는 행동이 통할 리 없다. 보도 듣도 못한 굴욕이 귀하게 키운 내 자식의 영혼에 따귀를 날리는 험한 꼴을 보게 될 것이다.

문제는 거기에서 끝나지 않는다. 오냐오냐 키운 내 자식이 다른 사람에게 버릇없이 행동하는 것처럼, 나 또한 뉘 집 자식에게 황망한 꼴을 당하게 된다. 결국 내 자식이 나에게 버릇없이 대하게 만드는 것이나 다름없다. 이렇게 되면 정말 생각하기도 싫은 끔찍한 일이 현실이 된다. 그러기 전에 부모는 자식의 따귀를 때려서라도 바로잡아야 한다. 그래야 내 아이가 남에게 따귀를 맞는 험한 꼴을 당하지 않게 할 수 있기 때문이다.

그러니 자식에게 지지 말아야 한다. 자식에게 엄격해야 한다. 잘못했으면 혼내야 하고, 엇나가면 바로잡아야 한다. 자식에게 관대하고 자식을 옹호하는 것만이 자식을 사랑하는 것이 아님을 알아야 한다. 진정으로 자식을 사랑하고 존중하는 것이 무엇인지 뼛속 깊이 새겨야 한다.

분명한 것은 아무리 험악한 세상이라 하더라도, 대부분의 경우 예의바른 사람이 사랑도 받고, 일도 잘해서 세상으로부터 인정받는다. 버릇없는 사람들은 일도 잘 못하고, 문제만 일으킨다. 그래서 배척당한다.

당장 자식의 기를 살려주려 하다가 자식의 인생을 망치게 되는 것이다. 그러므로 자식의 따귀를 때릴 수 있는 부모의 용기가 필요하다. 그래야 내 자식이 남에게 따귀를 맞지 않고 살아갈 수 있기 때문이다. 그래야 좋은 부모가 될 수 있다.

부모님의 '존재 이유'

얼마 전 한 설문조사에서 우리나라 초등학생은 가족의 범위를 부모와 형제까지라고 생각하는 것으로 나타났다. 할아버지, 할머니는 가족이 아닌 것이다. 그렇게 생각하는 가장 큰 이유는 같이 살지 않기 때문이다. 이 조사를 보니 앞으로 우리나라에는 부모가 설 자리는 없을 듯싶다. 오늘의 아버지, 어머니도 나중에 할아버지, 할머니가 되면 손자들에게는 가족으로 인정받지 못하게 되는 것이다. 할아버지, 할머니는 어쩌다 한 번씩 만나는 친절한 사람일 뿐이다.

한 가족이 있었다. 할아버지, 부부 그리고 두 아들로 구성된 5인 가족이었다. 할아버지는 아흔을 바라보는 연세였고, 부부는 40대 후반이었다. 아들 둘은 고교생이었다. 어느 날 며느리는 간장게장을 만들었다. 할아버지가 간장게장을 좋아하셨기 때문이다.

　그런데 말썽이 생겼다. 할아버지가 그 간장게장을 타박하시는 것이었다. 어이없게도 간장게장은 삶아야 하는데 그러지 않았다는 것이었다. 아들이 간장게장은 제대로 만들어진 것이라고 아버지인 할아버지에게 말하였고, 며느리는 어쩔 줄을 몰라 했다. 그래도 할아버지가 계속 우기시자 아들인 아버지는 아내에게 아버지가 말하시는 방법대로 다시 간장게장을 만들어드리자고 했고, 아내는 그렇게 만들어 다시 내어놓았다. 할아버지는 그 간장게장을 먹어보고서야 이내 자신이 잘못 알고 있음을 깨달았다. 사실 간장게장은 간장을 달여서 만드는 것이지, 게를 삶는 것은 아니었다. 할아버지는 "하, 내가 왜 이러나!"라고 탄식하셨지만 아들은 그래도 나름대로 새로운 맛이 있다며 삶아 놓은 간장게장을 맛있게 먹었다.

　이런 일은 종종 있었다. 그럴 때면 아들은 아버지의 말에 토를 달거나 틀렸다고 바로 고치려고 들지 않고 그대로 따랐다. 종종 당신이 생각하는 이야기를 자식에게 훈시하듯 말씀하시기도 했다. 원래 나이를 먹으면 짧게 할 말도 길어지기 마련이다일반적으로 5분이면 될 말씀을 시작하면 30분 이상 하신다. 그 말씀들은 오늘을 살아가는 데 딱히 도움이 될 만한 내용은 아니었다. 그럼에도 불구하고 그런 말씀들도 아들인 아버지는 군말 없이 들어주었다.

이런 아버지를 보면서 어린 아들들은 이상하게 생각하면서 아버지께 물었다.

"왜, 아빠는 할아버지께서 말도 안 되는 말씀을 하시는데도 항상 '예, 예' 하면서 '알겠다, 그렇게 하겠다'고 말씀하세요?"

아버지는, '나이가 들면 아무래도 총기가 없어지기 마련이다. 그리고 생각을 바꾸기도 어렵다. 자신은 바꾸고자 하더라도 그것이 마음대로 되지 않는다. 그러니 할아버지의 생각을 옳고 그른 것으로 따지려 하기보다 일단 그대로 따라드리는 것이 할아버지의 마음을 편하게 해드리는 것'이라고 대답했다. 그리고 그 말씀을 들어드리는 것만으로도 할아버지가 행복해하시니 그렇게 하는 것이라고 덧붙이면서 아들에게 당부했다.

"아마도 너희들이 아빠 나이가 되면 아빠와 엄마도 힘이 없어지고, 총기도 없어져 할아버지처럼 행동할거야. 그럴 때 아빠, 엄마의 생각이 틀렸다 하더라도, 굳이 바로잡으려 하지 말고 그냥 들어주면 좋겠구나. 그게 효도지, 효도가 별것이겠니."

아들들은 도무지 모르겠다는 표정이었지만, 그러겠다고 대답했다. 이제 그 할아버지는 돌아가시고 안 계신다.

나이든 부모가 하시는 말씀이나 행동엔 옳은 것도 있지만, 틀린 것도 있다. 옳은 것은 그냥 따르면 되지만, 틀린 것도 그냥 따르는 것이 부모를 행복하게 하는 방법이다. 부모가 자식에게 하는 불합리한 말이나 행동들은 대부분 자식을 향한 사랑에서 비롯되는 것이다. 그러므로 부모님의 고리타분(?)한 생각을 고치려거나 토달지 말고, 그냥 들어주는 것이 효도인 것이다.

자식은 누구나 부모에게 효도하고자 한다. 하지만 그 마음이 제대로 지켜지는 경우는 별로 없다. 그저 부모에게 숙제하듯이 용돈 몇 푼 드리는 것으로 자식의 도리를 다했다고 생각할 수 있다. 물론 안 드리는 것보다는 낫겠지만, 그것이 다가 아니다. 부모님이 원하는 대로 내가 성공했다고 해서 효도를 다하는 것도 아니다.

가끔, 부모님을 편안하게 모신다고 한 행동이 오히려 부모님을 불편하고 외롭게 만드는 경우가 있다. 나는 편하게 모시고자 한 것이 낮에는 아무도 없는 빈집에 계시게 하거나 부모님이 힘드실까봐 청소든, 요리든 아무 일도 하지 말고 편안히 쉬시라고 하는 것은 배려가 아니라 오히려 부모님을 스스로 '무용지물'로 생각하게 만들 수 있다. 그렇게 되면 부모님은 외로워지고 행복하지 못하게 된다.

나이 드신 부모님에게 하는 효도 중 가장 큰 효도는, 무엇을 하든 부모님이 아직도 자식을 위해 뭔가 해줄 수 있는 쓸모 있는 사람이라 생각하게 만드는 것이다. 다시 말해, 부모님이 이 세상에 살아있는 '존재이유'를 느끼게 해주는 것이 최고의 효도인 것이다. 그러기 위해서는 무엇이든 부모님께 물어보아야 한다. 된장찌개를 아무리 맛있게 끓여도 어머니가 만든 맛이 안 난다고 도움을 청하거나, 아버지에게 이럴 땐 어떻게 하셨는지 의견을 물어보아야 한다. 그래서 아직도 자식들에게 자신의 존재가 필요하다라는 것을 일깨워드리는 것이다.

설령 부모님께 여쭈어 봐도 특별한 해결방안이 나오지 않는다고 심드렁할 필요는 없다. 물어보고 들어주는 것만으로도 부모님을 기쁘게 해드릴 수 있고, 부모님이 아직도 이 세상에 살아야 할 존재이유를 느낄 수 있으니, 그것으로 충분히 효도하는 것이다.

우리가 남이가?

       '우리가 남이가?' 얼마나 인정 넘치는 말인가. 이 말처럼 우리의 미덕을 잘 나타내는 말도 별로 없을 것이다. 콩 한 쪽도 나눠먹고, 서로 도와주며 살고, 서로 의지하며 살자는 공동체적인 의미가 담겨있는 말 아닌가?

어떤 일에 개인의 이익보다는 공동체의 이익을 먼저 생각한다는 것은 배려와 희생을 전제로 하는 선한 마음이 없으면 애초에 불가능하다. 배려와 희생이라는 것이 어디 말처럼 쉬운가? 결코 쉽지 않다. 그렇게 쉽지 않은 것을 행동으로 나타낼 수 있다면 그 행동은 충분히 아름답다고 말할 수 있다. 그러나 그것은 선한 마음에서 출발하는 올바른 행동으로 유발되는 것이라는 단서가 붙는다.

원래 한국인은 이러한 미덕이 몸에 밴 선한 사람들이었다. 그러나 오늘날 주위에서 이런 선한 모습을 찾아보기는 매우 어렵다. '우리가 남이가?'라는 뜻깊은 이 말에 '사심'이 개입되면서부터 불순한 의미를 품게 되는 경우가 많아졌기 때문이다.

여기에서 '우리'와 '남'은 어떤 의미를 가지는지를 잘 새겨보아야 한다. '우리'는 무엇이든, 무슨 일을 하든 항상 옳고 아름답지만, '남'은 그렇게 봐줄 수는 없다는 뜻이 숨어 있다. 실제로 우리 생활 속에서 남이라는 말은 적을 의미하는 살벌한(?) 말로 더 자주 사용되고 있음을 부인할 수 없다. '남'에게는 배려도, 희생도 필요 없고, 그럴 이유도 없는 배타적인 자세로 대하는 것이다. 실제로 남에게 배려하려다가 낭패 보는 경우도 다반사다.

이제 공동체는 몸집이 커졌다. 집단에서 사사로운 마음은 제 욕심을 채우기 위해 편을 가르기 시작한다. 그것이 개인이기주의로 나타나든 지역이기주의로 나타나든 집단이기주의로 나타나든, '사심'이 개입되어 집단화될 때 '우리'는 더 이상 미덕이 아닌 폭력으로 탈바꿈한다. 한 마디로 '짜고 치는 고스톱'처럼 교활하게 작용하는 것이다. 편 가르기가 견고해질수록 '우리가 남이가?'를 외치는 사람의 목소리는 높아지고 더욱 격렬해진다. 심할 경우 그 수위는 조폭을 넘어 종교적 수준에까지 이르게 된다. 그곳에선 옳고 그름도 없고, 정의와 불의도 없으며, 논리도 설득도 없어진다. 그저 무조건 '옳습니다'가 되어버린다. '우리'에게 판단할 기회조차 허락하지 않고 폭력성은 더욱 짙어진다. 여기에서 토를 달거나 '우리'와는 다른 의견을 내놓는 순간, 그는 '남'이 되어 곧바로 마녀사냥의 희생물이 된다. 실제로 그것은 돌이킬 수 없는 죽음이나 마찬가지다. '우리'의 이익을 위해서는 못할 것이 없는 것이다.

'우리가 남이가?'라는 말이 저지르는 폭력을 우리는 주변에서 쉽게 찾아볼 수 있다. 정치판에서도, 재개발 현장에서도, 출신 학교·지역·핏줄의 끄나풀이라도 잡아보려는 발버둥에서도 다반사로 일어나고 있음을 우리는 목도하고 있다.

우리나라의 정치판이나 동문회, 향우회 등 혈연, 학연, 지연 등의 모든 모임들이 순수한 마음이나 뜻을 나누며 서로를 위한다면 무엇이 문제가 될 것인가? 문제는 공익을 명분으로 내세워 사익을 취하기 위한, 또는 사익을 지키기 위한 교활한 집단주의로 변질되어 작동하는 것이 문제가 되는 것이다. 그 사사로운 이익을 만들고 지키기 위한 '우리가 남이가?'라는 말은 찬성을 위한 찬성과 반대를 위한 반대를 만들어낸다.

집단주의 의식인 '우리' 속에는 '나'라는 개인이 숨어 있다. '우리'라는 집단주의는 자연스럽게 '나'와 관계되면서 개인이기주의로 연결되는 것이다. 마치 '내가 하면 로맨스고 남이 하면 불륜'이라는 의식으로 굳어져 아무런 반성의 여지도 없이 우리 삶 속에 스며든다. 진짜 문제는 여기부터다. 우리 편이 하는 짓은 무엇이든 무조건 정당하고, 옳고, 합리적이고, 인간적인 행동이 된다. 맹목적인 옹호가 시작되는 것이다. 이 정도 되면 공익이라는 명분을 가장한 '우리'는 조폭의 세계보다 더 치졸해진다. 하지만 그들은 주장한다. '우리'는 조폭과는 전혀 다른 명분이 뚜렷하고, 그 뜻은 아름다우며, 서로 간의 인정이 넘치는 사람냄새 나는 순수한 집단이라고.

엄청난 착각이다. 급기야는 착각인줄 알면서도 교활하게 그 착각을 흐지부지 거짓 명분으로 덮어버린다. 이러한 착각은 '리플리 증후군'과 비슷하다. 리플리 증후군은 패트리샤 스미스의 소설 《재능 있는 리플리 씨》의 주인공 이름에서 유래되었다. '리플리 증후군'은 신분상승 욕구에 사로잡혀 거짓말을 일상적으로 하다가 결국 자신이 한 거짓말에 자신마저 속아 넘어가 그 거짓말을 진짜라고 믿게 되어 환상 속에서 살아가게 되는 질병을 말한다. '우리가 남이가?'를 외치는 집단주의의 폭력에 비하면 스스로 무너지는 이 증세는 그래도 봐줄만한 질병으로 보인다.

이렇게 변질된 '우리가 남이가?'의 밑바탕에는 예측불가능한 우리의 삶에서 피어나는 '불안'이 있다. 예측불가능하다는 것은 신뢰를 잃게 만든다. 신뢰할 수 없다는 것은 사람을 불안하게 만든다. 불안은 분노와 우울을 동시에 가져온다. 불안이 밖으로 폭발하면 분노가 되고, 안으로 쌓이면 우울증이 된다. 분노는 상대방에 대한 배려를 상실하여 조금의 인내심도 허용하지 않게 된다. 우울증은 스스로에 대한 의지의 상실로 이어지게 되면서 결국 자신의 정신을 파괴하는 질병이다. 어쨌든 분노든 우울증이든 불안을 해소하려는 몸부림인 것만큼은 분명하다.

결국 힘있는 자든, 힘없는 자든 자신의 불안을 감추기 위해 '우리가 남이가?'를 외친다. 힘있는 자는 오늘의 행복을 유지하기 위하여, 힘없는 자는 쨍하고 해 뜰 날을 기약하면서 목청 높여 외친다. '우리가 남이가?' 그 외침은 현대인에게 나타나는 극대화된 불안의 외침이다. 그 심정 충분히 이해할 수 있다.

원래 우리의 미덕이었던 것이 이제 우리의 부끄러운 모습이 되어버렸다. 질병이 되어버렸다. 그것은 강박증이다. 그래서 아직도 우리는 행복하지 못하다.

한 번 실험해보자. 길거리를 지나다가 마주 오는 사람과 어깨가 부딪혔을 때 먼저 "죄송합니다. 괜찮으세요?"라고 말해보라. 아마도 상대의 찡그리던 눈빛은 금방 미안함과 고마움으로 바뀌어 "아닙니다. 제가 죄송합니다. 그 쪽은 괜찮으세요?"라고 되물어 올 것이다. 요즘 사람들은 자신을 걱정해주는 말 한마디에도 감동받고 치유를 느낄 만큼 불안하다. 그만큼 배려 없는 세상에서 우리가 살고 있다는 말이다.

역사는 되풀이될 수 있다

아무리 자식이 몹쓸 짓을 한 범죄자라 하더라도 부모는 그렇게 될 수밖에 없었던 자식의 입장을 이해한다. 그리고 그 모든 것을 용서한다. 나아가 그 잘못을 자신의 잘못으로 감싸 안으려고 한다. 그러한 부모의 모습을 보고 우리는 아름답다고 말하기도 하고, 한 단계 더 높여서 숭고하다고까지 말한다.

부모의 잘못에 대해서도 마찬가지다. 몹쓸 짓을 한 부모의 잘못에 대해 자식이 옹호하려고 하는 것은 당연한 일이다. 인지상정이다. 보통은 부모가 죄를 지으면 자식은 '그 잘못은 가족을 위한 어쩔 수 없는 선택'이었다고 두둔한다.

부모의 잘못을 애써 덮고자 하는 것이나, 자식의 잘못을 용서하고 기꺼이 자신의 잘못으로 받아들이는 모습은 인간다운 모습이라고 할 수 있다. 그 모습들은 우리 주위에서 흔히 볼 수 있는 보통사람들의 모습이다.

그러나 보통사람이 아닌 '지도자'가 되고자 하는 사람이 그런 모습이라면 사정은 달라진다. 그러한 생각과 행동은 결코 아름다운 모습이 될 수 없다. 오히려 폭력으로 바뀌어버린다.

지도자란 무엇인가?

여러 사람들을 위해 앞에서 이끌고 나가는 사람이다. 한 마디로 총대를 메는 사람이다. 그런 지도자는 사적 이익보다는 공적 이익을 위해 생각하고, 생각하고, 또 생각해야 한다. 그리고 그 생각을 행동으로 옮길 수 있어야 한다. 공과 사 또한 엄격히 구분할 줄 알아야 한다. 그것이 지도자의 가장 중요한 기본덕목이다. 그것은 지도자의 역사인식이기도 하다. 일을 얼마나 잘하느냐 못하느냐는 오히려 다음 문제다. 능력은 출중하지만 정신이 공정하지 않은 사람은 그 능력을 나쁜 쪽으로 활용하기 때문이다. 그러면 국민들이 더 못살게 된다. 오늘 우리가 그 현실을 뼛속 깊이 실감하며 살아가고 있지 않은가?

《논어》〈자로편〉 3장을 보면, 공자가 자로에게 정치에 대해 가르침을 전하면서 자로의 무지함을 나무라는 장면이 있다.

"명분이 바로서지 않으면 말이 순조롭게 전달되지 못하고

(소통이 안 된다), 말이 순조롭게 전달되지 못하면 모든 일이 성취되지 않는다. 일이 안 되면 예악(공과)이 불분명해진다. 예악을 진흥시킬 수가 없다. 예악이 진흥되지 못하면(공과가 불분명하면) 형벌이 불분명해진다. 형벌이 불분명해지면 사람이 살 수 없다."

즉, 정치의 기본 출발점은 지도자의 명분도덕성, 역사인식 등이 분명함에 따라 절차도 물 흐르듯 부드러워질 수 있다는 것이다. 아무리 명분이 훌륭하다 하더라도, 지도자가 자신이 처한 입장에 따라 명분을 다르게 적용하여 해석하는 '고무줄 명분'을 가지고 정치를 한다면, 절차의 시스템이 망가져버려 백성을 위한 덕치德治는 고사하고 오히려 백성에게 하게 될 포악한 정치를 경계한 말이다. 지도자는 사적 입장보다 공적 입장을 지켜낼 수 있는 굳은 심지가 있어야 한다. 그렇지 않으면, 자신이 그토록 외치는 '국민을 행복하게 해주겠다'는 말은 모두 거짓말이 되어버린다.

그러므로 지도자는 명분을 세우고, 그 명분대로 행동하는 것에 일관성이 있는 큰 사람이어야 한다. 그때 그때 자기 편리와 이해에 맞게 말하고, 행동하는 소인배가 지도자가 되면 백성들의 삶이 메말라버린다.

해방 이후, 우리나라는 결코 지도자가 되어서는 안 될 사람이 지도자로 군림하여 왔던 사례가 많다. 그들은 교언영색*, 양두구육**하는 번듯한 명분들을 내걸고서 국민을 호도하였다. 사실, 그들에게 명분은 명분이 아니었다. 그저 권력을 잡거나 유지하기 위한 미사여구에 불과했다. 이러한 현상은 최고지도자뿐만 아니라, 지위 고하를 막론하고 지도자급에 있는 사람들 대부분의 행태가 그러했다. 불행의 연속이었다.

그럼에도 불구하고 우리는 너무나 오랫동안 지도자가 되어서는 안 될 사람들을 지도자로 뽑아 왔다. 민주주의는 결과중심이 아니라, 공론과 절차를 중시하는 시스템이고, 그 과정은 국민의 감시 하에 작동되어야 한다는 국민의 의무를 져버리며 지내온 것이다. 그러면서 우리는 민주주의의 정신과 절차를 외친다. 참, 가당찮은 일이다.

지도자라는 사람이 공적 사안에 사적 입장을 개입시켜서 사사로운 감정으로 일을 처리하고자 한다면 그는 지도자가 될 자격이 없다. 설령 그가 장밋빛 미래를 보장한다 하더라도, 그것은 진

////////////

* 巧言令色 : 남의 환심을 사기 위해 아첨하는 말과 표정
** 羊頭狗肉 : 양머리를 걸어놓고 개고기를 판다는 뜻으로, 겉으로는 그럴 듯하나 속은 변변치 않음

정성 없는 희망이다. 그것은 애초에 희망이 아니다. 그런 희망에는 기대할 것이 없다.

사적인 감정과 공적인 감정을 구분하지 못하는 사람이 어떻게 국민을 이끌 수 있단 말인가? 역사 앞에 놓인 잘못된 사안을 두고 "그 문제가 그렇게 된 것에는 어쩔 수 없는 선택이었다"고 사적인 감정으로 옹호하는 지도자에게 어떻게 공정한 판단을 기대할 수 있겠는가? 대부분의 부패와 부조리는 이러한 지도자의 사적 감정에서 비롯된다.

부모가 잘못한 일을 지도자가 되고자 하는 자식이 사적 감정으로 부모가 저지른 잘못을 미화하거나 얼버무리며 덮고 지나가고자 하는 것을 인정한다면, 우리는 기억하기 싫은 끔찍한 과거의 역사 속으로 다시 되돌아간다. 지금, 어설픈 감상에 빠져 있을 때가 아니다.

피해자의 인권이 더 중요하다

누구나 똑같은 인권을 가지고 있
다. 강자의 인권도 있고, 약자의 인권도 있다. 어느 누구 할 것 없
이 서로의 인권은 존중되어야 한다. 그런데 세상을 살다보면 강
자의 인권은 존중되고 약자의 인권은 무시되는 경우가 많다. 잘
못된 일이다. 그래서 인권운동가들이 약자의 인권을 보호하기 위
해 노력한다. 우리는 그런 그들을 존경한다. 약자를 위한다는 것
은 그것 자체로 아름다운 행동이기 때문이다. 누구나 약자를 배
려해야 한다는 것은 알고 있지만 그것을 행동으로 실천하기란 어
렵다.

어떤 일에 가해자와 피해자가 있다고 하자. 가해자는 강자였
고, 피해자는 약자였다. 가해자는 범죄를 저지른 사람이고, 피해
자는 범죄에 의해 손해를 본 사람이다. 이 두 사람이 법의 테두리

에 들어가면 입장이 바뀐다. 가해자는 약자가 되고 피해자는 강자가 된다. 그 과정에서 가해자는 약자로서 인권의 보호를 받게 된다. 아무리 몹쓸 짓을 저질렀다 하더라도 그의 인권은 보장되어야 한다는 것이다. 그런데 현실은 그러한 상식을 넘어 이상한 방향으로 바뀌어버린다는 것이 문제다. 현실은 가해자의 인권은 필요 이상으로 보장되는 반면에 피해자의 인권은 철저하게 무시된다는 점에 있다. 옳지 못한 일이다.

특히 요즘 학교폭력의 경우에는 더욱 그렇다. 학교폭력을 당한 피해학생은 학교에게 2차 폭력을 당하게 된다. 피해자는 대부분 학교를 그만 두거나 전학을 가게 된다. 또 전학을 간다 하더라도 전학 간 학교에서도 그 폭력의 끈은 끊어지지 않고 계속된다. 결국 정상적인 학교생활을 하기가 어렵게 된다. 그러한 과정에서 피해자 학생의 인권은 무시당하거나 방치된다는 것이다.

그러나 학교폭력의 가해학생 대부분은 벌점을 받는 등 적당한 선에서 용서받고 버젓이 편안하게(?) 학교를 다닌다. 벌점이 무엇인가? 기분은 나쁘지만 가해자 학생이 인생을 살아가는 데 전혀 문제가 되지 않는 정도의 벌이다. 심지어는 벌점을 받았다고 항의하는 경우까지 있다. 뻔뻔스러운 일이 일상으로 벌어지고 있는 것이다. 처벌이라는 것이 솜방망이에 그치니 가해학생의 반성은 기대하기 어렵다.

가해자도 변명할 말은 있다. 아직 어린 학생이 한 때 잘못 저지른 실수(?)로 인해 인생 전체를 망치게 할 수 없다는 것이다. 물론 가해자의 사정도 충분히 고려되어야 할 일이다. 그래서 적당한 선에서 반성하게 하고 새로운 인생을 살아가게 한다? 어리석은 한 사람을 교화하여 새로운 인생을 살 수 있게 하였으니 그것이 정말 옳은 일일까? 그렇게 해서 뉘우치고 반성하는 학생도 극소수 있을 것이다. 그러나 대부분의 가해학생들이 또 다시 2차 폭력을 저지르는 것은 부정할 수 없는 현실이다. 과연 가해학생의 인권은 야무지게 보호하면서 피해학생에 대한 인권은 어물정 넘어가려는 세태가 올바른 것일까? 가해자는 절대로 약자가 아닌 강자임에도 불구하고 범죄를 저지르고 법의 테두리 안에서 입장이 바뀌어 약자로 보호받는다는 것이 정당하냐는 말이다.

문제는 우리나라의 경우, 가해자의 인권은 철저히(?) 보장되고, 피해자의 인권은 아무렇지도 않게 무시되는 일이 비일비재하다는 것에 있다. 나는 가해학생의 인권을 배려하는 것에 이의를 제기할 마음은 없다. 하지만 우리가 잊지 말아야 할 것은 가해학생의 인권처럼 피해학생의 인권도 중요하다는 것이다. 아니 더 중요하다. 평생 지워지지 않을 상처까지 보호받아야 한다. 그래야 상식에 맞는 법의 집행이고 법의 공정성이라 할 수 있는 것이다. 더 보듬어야 한다면 당연히 피해학생의 인권이어야 한다고 생각한다. 설사 가해학생의 인권이 일정부분 무시된다고 하더라도 말이다. 피해학생의 인권이 정상적으로 작동할 수 있도록 한 다음에 가해학생의 인권이 고려되어야 한다는 것이다. 그렇지 않으면서 가해학생들의 인권을 운운하는 것은 위선이지 바른 길이 아니다. 바른 부모의 모습도 아니고 바른 어른의 모습도 아니다. 그 어떤 이유를 대더라도 바른 생각도, 바른 행동도 아닌 것이다.

과연 이런 생각이 편향된 생각이라고 말할 수 있을까? 약자의 입장에 서는 것은 아름다운 일이나, 가해자를 약자로 여기고 그의 인권을 보호하는 일이 피해자에게는 더 큰 아픔을 안겨주게 된다는 것도 알아야 한다. 약자의 인권을 보호한다는 명분으로 피해자에게 가해지는 2차 폭력은 분명 옳지 않다. 대부분의 인권운동가들이 약자를 위해 노력하고 있는 것에 다시 한번 감사한다. 하지만 그 약자의 인권 때문에 피해자의 인권이 무시되거나 또 다른 상처를 받게 된다면 그것은 결코 올바른 인권운동이 아니다. 오히려 파렴치한 일이다.

학생인권조례가 발동하였다. 아주 잘 된 일이다. 그러나 다른 한편으로 걱정이 앞서기도 한다. 솔직히 요즘 학생들이 보통내기들인가? 똑똑함이 지나쳐 교활하기까지 하다. 학생인권조례가 오히려 가해자나 불량학생들에게 악용되고 선량한 학생들의 인권을 침해할 가능성이 있지는 않은지 진지하게 검토해 볼 때다. 또한 선생님들의 인권을 보호할 장치는 있는지 검토해 보아야 한다.물론 학생인권조례의 문구상으로는 문제가 없지만, 현실에서는 많은 문제를 일으킬 소지가 분명하다

모든 인권은 존엄하다. 모든 사람들은 자신의 인권을 보호받을 권리가 있다. 그러나 가해자와 피해자가 있다고 할 때 어떤 인권이 더 우선시되어야 하는가에 대해 묻는다면 나는 서슴없이 피해자의 인권이 더 중요하다고 답하겠다. 그런데 요즘은 피해자의 인권은 아랑곳없고, 가해자의 인권을 더 중요하게 취급하고 보장하는 것을 많이 목격한다. 그러면 마치 숭고한 인권적인 행위로 인정받는 분위기다. 나는 그것이 결코 옳다고 생각하지 않는다.

국민이 존엄을 잃은 나라, 그것이 현재 대한민국의 '쌩얼'이다. 그 '쌩얼' 뒤엔 어설픈 진보와 보수 그리고 그것을 이용하는 아주 못된 수구가 있다. 그들은 보수의 탈을 쓰고 거리를 활보한다. 그들은 보이지 않는 악으로써 우리 주위에 만연해 있다. 맴돌고 있다. 그들은 우리를 비웃으며 자신들의 이익을 챙기면서 자신들이 능력 있다고 으스댄다. 그러면서 공정을 말하고 민주주의를 들먹인다. 가장 반민주적인 사람들이 말하는 민주주의, 인권, 공정성은 정말 개뿔이다. 그런데 이상한 것은 그것이 통한다는 것이다. 그것도 철저하게 통한다는 것이다.

당신이 화내면, 세상은

세상은 험하다. 위험하다. 매정하다. 한 마디로 찬바람 쌩쌩 부는 벌판이다. 의지할 곳도 기댈 곳도 거의 없다. 그 벌판 위에서 찬바람을 맞으며 나와 당신은 세상과 맞서서 살고 있다. 아니, 살아내고 있다고 말하는 것이 더 정확할 것이다. 근데, 나와 당신만 그렇게 살아내고 있는 것이 아니다. 이 세상 모든 사람들이 그렇게 살아내고 있다.

특히 오늘 우리가 살아가는 한국 사회는 무섭기 그지없는 정글 같은 세상이다. 한국 사회는 이 지구에서 유래 없는 천민자본주의가 판을 치고 있는 세상이다. 그래서 사람들도 천박하게 살아가고 있다. 나아가 그 천박함이 능력으로 인정받고 있다. 그렇게 왜곡되게 살아가는 우리의 천박한 삶은 일상화되어 우리 자신도 그런 천박함을 제대로 알지 못한다.

어쨌든 당신이 불같이 화내어도 세상은 눈 하나 꿈쩍하지 않는다. 거들떠보지도 않는다. 오히려 세상은 당신을 비웃는다. 아무짝에도 쓸모없는 잉여인간으로 취급해 버린다. 그러니 징징거리지 마라. 당신의 징징거림은 당신이 싫어하는 사람에게는 안도의 한숨을 쉬게 하고 박수치게 만들지만, 당신이 사랑하는 사람에게는 가슴에 대못을 박는 결과가 된다.

분명하고도 중요한 것은 이 세상에 당신이 없다고 해서 전혀 문제될 것이 없다는 것이다. 전혀 아쉽지 않은 것이다. 물론 있어도 전혀 문제가 되지 않는다. 나아가서 당신이 망하기라도 한다면 세상은 당신을 위로하기보다는 구박^{따돌림}할 것이고 조롱할 것이다. 특히 당신이 싫어하는 사람들, 당신의 경쟁자들이 그렇게 할 것이다. 대신에 당신이 사랑하는 사람들은 가슴 아파할 것이다.

그러니 무턱대고 센척하지 마라. 세상은 당신을 무서워하지 않는다. 화내지 마라. 세상은 당신을 가소롭게 생각한다. 그래봤자 당신만 손해다. 최소한 당신이 사랑하고, 당신을 사랑하는 사람들의 마음을 아프게 하는 삶은 살지 말아야 하지 않겠는가?

한국 사회는 당신이 말하는 정의에 대해 관심이 없다. 당신이 말하는 윤리에도 관심이 없다. 오로지 자신들의 이익을 탐하는 데 도움이 되는지 아닌지에만 관심을 둘 뿐이다. 가진 자에게 돈을 주면 투자한다고 말하지만, 없는 자에게 돈을 주면 비용이라고 생각한다. 기득권자들이 노동의 성스러움을 말하면 박수 받지만, 노동자들이 노동의 성스러움을 말하면 '좌빨'로 취급해버리는 것과 마찬가지다. 그 모든 것이 철저하게 이해관계에 의해 결정된다.

2012 대선이 끝나자마자 국회의원들은 하루만 배지를 달아도 매달 120만원의 연금을 받는 '헌정회 연로회원 지원금' 128억 2600만원을 챙겼다. 그리고 저소득층 지원의료급여 예산은 오히려 2842억원이나 삭감해 놓고는 외국으로 튀어버렸다. 물론 근사한 명분을 가지고 말이다. 앞으로 가난한 이들은 병원에서 문전박대를 당하거나 입원을 하고도 조기 퇴원과 불법 보증금 요구에 시달릴 것이다. 해고노동자들은 지금도 철탑 위에서 부들부들 떨며 밤을 지새우고 있다. 더 설명이 필요한가? 결코 정상적이라고 말할 수 없다. 물론 인간적이지도 못하다. 배반이다. 동물로 살아가고 있는 것이다. 약속 같은 것은 중요하지 않다. 얼마나 뻔뻔하게 배반할 수 있느냐가 그 사람의 유능과 무능을 판단하는 잣대로 작용하고 있는 세상이다. 믿기 싫겠지만 대한민국 사회가 그런 곳이다.

세상에 믿을 사람 또한 많지 않다. 아니 없다고 보는 것이 더

속 편할 것이다. 그러면 배신으로 인한 절망감은 경험하지 않아도 될 테니까. 어쩌다가 믿을 수 있는 사람을 만난다면 로또 당첨된 것과 같은 행운이 당신에게 찾아온 것이다. 그러니 그 사람을 소중히 해야 한다. 그런데 로또 맞을 확률은 몇 백만분의 일이다. 사실상 불가능한 일이다. 그러니 그것은 아예 기대하지 않고 사는 것이 정신건강에 좋다. 그러니 믿을 만한 사람을 찾기보다 당신 스스로 다른 사람에게 믿을만한 사람이 되려고 노력하는 것이 더 쉽다.

다른 사람의 마음은 당신이 어찌할 수는 없겠지만, 노력만 한다면 당신의 마음은 스스로 통제할 가능성이 훨씬 높기 때문이다. 믿을만한 사람 찾기가 이렇게 어려운 세상에 당신이 다른 사람에게 믿을만한 사람이 된다면 그들은 로또와 같은 존재인 당신을 귀하게 여길 것이다. 그럼 당신 주위엔 사람들이 모이게 되고 무슨 일이든 당신의 뜻대로 할 수 있게 된다. 그야말로 인생이 풀리는 것이다.

믿을 사람이 없다고 해서 당신도 똑같이 믿을 수 없는 사람으로 살고자 한다면, 그것이 바로 스스로 시궁창에 뛰어들어가 이전투구의 삶을 살고자 하는 것이나 다름없다. 누가 시궁창 같은 삶을 살고 싶어하겠는가. 돼지우리에서 뒹구는 나와 당신의 모습은 생각만 해도 끔찍하다.

세상이 당신의 마음에 들지 않으면 않을수록 스스로 무엇을 할 수 있는지에 대해 숙고하고 또 숙고해야 한다. 그리고 숙고의 결과를 실천해야 한다. 그것이 세상에게 화내는 방법이다. 삿대질하면서도 따돌림받지 않고 사는 것이다. 오히려 존경받을 수도 있다. 나와 당신이 그토록 원하는 자유로운 삶은 그렇게 만들어지는 것이다. 자유를 즐기기 위한 방법은 자유에 대해 잘 아는 것 이외에는 다른 방법은 없다.

화 좀 더 낼 걸? 분노할 걸!

인터넷에 떠돌아다니는 말들 중에 '인생5걸'이라는 말이 있다. 죽기 전에 하지 않은 '걸' 후회하는 다섯 가지이다. 그 다섯 가지는 '내 뜻대로 살 걸, 일 좀 더할 걸, 화 좀 덜 낼 걸, 도전하며 살 걸, 친구들 챙길 걸'이다. 살아가면서 깊이 새겨두어야 할 좋은 말들이다. 나도 그렇게 살고 싶다. 그런데 나는 '화 좀 덜 낼 걸'이라는 말에는 동의하기가 어렵다.

내 뜻대로 산다는 것은 주체적으로 산다는 것이다. 주체적으로 산다는 것은 내 인생의 주인으로 산다는 것이라 할 수 있다. 주인으로 산다는 것은 자신에 관한 중요한 결정을 스스로 할 수 있다는 것이다. 상황에 따라 주인과 객의 입장이 바뀔 수 있으므로 서로의 규약을 준수할 수 있어야 한다. 마지막으로 자신의 독립성과 자존감이 위협받을 때 이를 지킬 힘이 있어야 한다. 어쨌

128

든 내 뜻대로 살 수 있다는 것은 내 뜻대로 도전도 할 수 있을 테고, 도전할 수 있다면 일도 좀 더 할 수 있는 것이다. 때에 따라 내 뜻에 맞지 않을 경우, 즉 불의를 보았을 때 분노할 수 있다는 것을 의미한다. 그러므로 다른 네 가지는 같은 맥락에서 이어지는 말이다. 그런데 '화 좀 덜 낼 걸'이라니 동의하기 어렵다. 물론 사사건건 화를 낸다면 친구를 챙길 수 없다는 것 또한 사실이다. 어디 화를 무시로 내면서 사는 사람이 그리 많겠는가. 대부분 적당히 참고 배려하며 살아간다. 오히려 화를 너무 내지 않아서 진정성의 위기가 찾아온 것이 문제가 될 뿐이다.

인생5걸 중에서 '화 좀 덜 낼 것'은 '화 좀 더 낼 것'으로 바뀌어야 한다. 옳지 않은 일에는 화낼 줄 알아야 한다. 그렇지 않으면 내 인생의 주인이 아니라, 객으로 살아갈 수밖에 없다. 내 인생 하나도 내 뜻대로 못한다면 무슨 의미가 있겠나. 국가도 마찬가지다. 국민도 마찬가지다. 국민이 국가의 주인이 아니라 객으로 살아간다면, 더 이상 국민의 국가가 아니다.

요즘 대한민국은 거짓이 정의가 되는 요상한 세상이 된지 오래다. 물론 정의가 거짓이 되는 것도 일상이 되었다. 하고 싶은 말이라고 당당히 꺼냈다가는 가차 없이 매도당해 죽사발이 되어버린다. 옳으면 옳은 대로 '잘난 척 한다'고 얻어터지고, 틀리면 틀렸다고 윽박지른다. 까~불지 말라며 눈을 부라리고 씩씩거린다. 상황이 이러니 화도 내지 못하고 그냥 쥐죽은 듯 조용히 살아야 한다. 그 사이에 어디선가 냄새나는 용비어천가는 더더욱 소리 높게 울려 퍼지고 있다.

그러니 하고 싶은 말을 제대로 하지 못하고, 잘못을 보고도 심지어는 나에게 폭력을 가하여도, 애써 모르는 척 화를 삼키며 무관심하게 살아가는 것이 일상이 되었다. 이렇게 마음속이 숯검정이 되어도 속 편하다면 다행이겠지만 그렇지 못하니 문제인 것이다.

프랑스 작가 스테판 에셀이 쓴 《분노하라》는 책이 있다. 레지스탕스였던 그는 93세인 2010년에 이 책을 쓰고 2년 뒤에 작고했다. 그는 책에서 프랑스 청년에게 이렇게 말했다. 나는 우리에게 일갈하는 것 같았다.

"나는 여러분 모두가, 한 사람 한 사람이, 자기 나름대로 분노의 동기를 갖기 바란다. 이건 소중한 일이다. 내가 나치즘에 분노했듯이 여러분이 뭔가에 분노한다면, 그때 우리는 힘 있는 투사, 참여하는 투사가 된다. 이럴 때 우리는 역사의 흐름에 합류하게 되며, 역사의 이 도도한 흐름은 우리들 각자의 노력에 힘입어 면면히 이어질 것이다. 이 강물은 더 큰 정의, 더 큰 자유의 방향으로 흘러간다. 여기서 자유란 닭장 속의 여우가 제멋대로 누리는 무제한의 자유가 아니다."

《분노하라》, 돌베개, 2011

내 인생의 주인으로 살아간다는 것은 내 뜻대로 살아간다는 것이다. 분노할 일 있으면 분노하는 것이 내 뜻대로 사는 것이다. 좋은 게 좋은 것이 아니다. 옳지 않은 것을 옳은 것처럼 타협하고 사는 인생은 결코 내 뜻대로 사는 것도 아니고, 나답게 사는 것도 아니다. 비굴한 삶이다. 의미 없는 삶이다. 결코 상황이나, 환경이나, 남 탓이라 핑계대면서 얼렁뚱땅 넘어갈 수 있는 성질의 문제도 아니다. 우리 인생은 일회용이지 않은가. 나다운 인생은 스스로 나를 지킬 수 있는 힘이 있어야 한다. 그러기 위해서는 분노해야 한다. 그래야 내 인생이다. 그래야 나의 국가다.

"창조, 그것은 저항이며 저항이 바로 창조다."

전교조가 퇴출되었고, 통합진보당도 퇴출시키겠다고 한다. 이게 온전한 21세기의 국가이긴 한 것인가? 대한민국이 그 정도의 자신감도 없는 유약한 국가였던가?

나이는 숫자에 불과한가

　　고등학교 2학년 교과서에 '나이는
숫자에 불과하다'라는 광고가 실려 있다. 나이에 상관없이 누구
나 마음먹은 대로 하고 싶은 일을 할 수 있다고 하니 얼마나 희
망적인가? 이 광고는 사회적으로도 꽤 많은 반향을 일으켜 교과
서에도 실리게 됐다.

　　그런데 나이는 정말로 숫자에 불과한가? 나는 아니라는 생각
이 든다. 오히려 그렇게 착각하다가 추해지는 경우가 더 많지 않
은가? 우리가 살아가는 현실에서 나이를 숫자로만 여기며 살아
가는 사람은 꽤 성공한(?) 소수의 사람들뿐이다. 누구에게나 해
당되는 말이 아니라는 것이다. 그렇게 살기 위해서는 어떤 조건
이 필요하다.

　　다음에 나오는 신조어를 통해 나이가 숫자에 불과하지 않은 현
실을 느껴보자. 물론 여기서 말하는 신조어들이 꼭 나이 때문에

나온 말들은 아니지만, 우리 어려운 현실을 반영하면서 막강한 힘으로 작용하고 있는 말들이다. 조금은 억지스럽겠지만 나이의 한계를 말하는 데 특별히 문제가 없을 것 같아 들추어본다. 이 신조어들은 오늘날 한국 사회의 현실을 분명하게 말해주는 무시무시한 의미를 지닌다.

삼일절

이 말은 31세가 되면 절망이라는 뜻이다. 신입사원을 채용하는 기업 45% 정도가 31세라는 나이제한을 두고 있다. 그러니 때를 놓친 취업준비생들에겐 가히 절망적인 나이라 할 만하다. 대한민국에서는 유난히 일정한 나이를 넘긴 사람에겐 자신의 의지와 열정에 상관없이 기회를 박탈시킨다. 이는 어떤 분야에서든 마찬가지로 적용된다. 이 시기부터 취준생들은 나이에 대한 한계를 몸으로 부딪치며 살아가야 하는 힘든 삶이 시작된다.

삼팔선

남북한을 가르는 38선이 아니라, 38세가 되면 직장에서 잘린다는 말이다. 직장 10년차가 되면 연봉이 꽤 높아진다. 사실 10년쯤 일 시켜보면 그 사람의 능력이 보인다. 기업 입장에서도 그 사람이 고액연봉을 받을 만큼 생산적인 일을 하고 있는 사람인지,

아닌지에 대해 판단이 서게 된다. 능력이 연봉에 못미친다고 생각되면 가차 없이 잘라버리는 것이다. 이윤을 추구하는 기업의 입장에서 보면 이해가 안 가는 것도 아니다. 무작정 나쁘다고만 할 수도 없다. 그러니 직장생활 10년 이상 한 사람들은 가시방석에 앉아 있는 것이나 다름없다. 38선을 피해가려면 나이와 위치에 맞게 끊임없이 자신의 능력을 갈고 닦아야 한다는 엄연한 현실을 말해준다.

사오정

45세가 되면 정년하게 된다는 말이다. 물론 내가 원해서가 아니라, 직장에서 내보내는 것이다. 원래 대부분의 직장기업의 정년은 55세지만 정년을 제대로 채우는 직장인은 소수에 불과하다. 대부분 45세를 전후로 직장에서 밀려난다. 38선을 용케 지키고 살아남은 능력자도 사오정 앞에서는 추풍낙엽처럼 속절없이 떨어진다. 연차에 걸맞는 지위를 부여잡으려면 38선 때와는 비교도 안 될 만큼 노력해야 한다. 때를 놓치면, 아무리 불타는 열정이 있어도 일할 기회가 박탈되는 것이다. 세상은 우리의 열정을 참고 기다려주지 않는 무서운 곳이다.

오륙도

56세가 되었는데도 잘리지 않고 직장을 계속해서 다니는 도둑놈이라는 뜻이다. 시기 반, 부러움 반의 감정이 섞인 말이다. 그야말로 오륙도는 선택받은 극소수다. 그러나 오륙도는 그저 운이 좋아 살아남은 사람이 아니다. 그들은 나이에 맞게, 위치에 맞게 자신이 무엇을 해야 되는지 생각하고 준비한 사람들이다_{물론 이 세상은 개인의 문제보다 사회구조적인 문제가 많은 곳이지만 모든 문제를 사회구조 탓으로만 돌릴 수는 없는 일이다.} 어쨌든 누구나 오륙도가 되기를 원한다.

개미연구의 대가인 에드워드 윌슨은 그의 저서 《인간 본성에 대하여》란 책에서 미국의 인류학자 조지 머독의 연구결과를 인용해 모든 인간의 문화에 공통으로 기록되어 있는 것을 뽑았는데, 그 첫 번째가 연령구분이었다. 그는 인류가 만든 모든 문화는 인간의 유전적 특성으로 인해 형성, 발전되었다고 주장한다. '나이는 숫자에 불과하다'는 광고카피가 아무리 마음에 와 닿는다 하더라도 인간의 유전적 속성 중 하나인 나이의 사회적·문화적 한계를 벗어날 수는 없다.

나이가 주는 여러 가지 부담 가운데 하나는 심리나이와 실제 나이와의 불일치가 아닐까 한다. 나이 먹은 사람들이 종종 '마음은 20대인데 몸은 60대'라는 말을 한다. 즉, 몸이 생각대로 말을 듣지 않는다는 것이다. 이런 것을 볼 때 나이에 대해 느끼는 감정이나 생각은 모든 인간의 공통적인 특징이다. 아무리 나이가 주는 굴레에서 벗어나기 위해 안달해 봐도 결국 나이의 한계를 벗어나기가 힘들다. 벗어나려고 안달하면 할수록 추해져가고 별 볼일 없어진다. 세상엔 노력해도 안 되는 것도 있는 것이다.

나이는 숫자에 불과한 것이 아니다. 나이는 나이다. 그것을 인정하고 나이에 맞게 살아야 한다. 청년기, 장년기, 노년기에 따라 반드시 해야 할 일이 있고, 할 수 있는 일이 따로 있다. 나이에 맞게 할 일을 하고 살아야 하는 것이다. 대부분의 사람들은 나이에 맞게 살아갈 수밖에 없다. 그럼에도 불구하고 나이는 숫자일 뿐이라는 착각 속에서 오늘 할 일을 내일로 미루며 베짱이처럼 살다가 마음 내키면 벼락공부하듯 하다가는 낭패 보기 십상이다.

진정으로 나이는 숫자에 불과한 삶을 살아가고 싶다면, 나이에 맞게 나잇값 하면서 살아갈 때 가능한 일이다. 그렇게 살다 보면 굳이 안달하지 않아도 자신도 모르게 나이는 그저 숫자에 불과한 자유로운 삶을 살아가고 있을 것이다.

공부에는 때가 없다

　　　　　　　　　당신에게 꿈이 있다면 지금 당장
그 일을 시작해라. 이것저것 따지지 말고 핑계도 대지 말아라. 꾸
준히 하다보면 무엇인가 손에 잡히는 것이 있을 것이다. 그 꿈을
이루기 위해 생각보다 큰 희생을 감수해야 할 것이다. 이 세상에
공짜가 있던가. 뿌린 만큼 거두는 법이다. 당신은 특별하지만 당
신에게 특권은 없다. 그런 특권이 용인되는 세상이라면 분명 지옥
일 것이다. 지금 우리가 살아가는 대한민국이 바로 지옥보다 나
을 것 없는 참담한 세상이다.

　공자孔子는 일생을 회고하며 자신의 학문수양의 발전과정을 이
야기했다.《논어》〈위정편〉4장
　공자의 가르침을 다시 한 번 새겨보자.

지우학志于學 _ 나는 열다섯 살에 학문에 뜻을 두었다.

원래 공부는 어린 유년시절부터 시작하는 것이다. 추구로 시작하여 명심보감, 논어, 맹자 등등으로 말이다. 총기가 있는 사람이라면 열다섯 살 쯤에는 웬만한 기본서사서삼경 등들은 다 읽은 셈이 된다. 공부의 수준이 꽤 높은 단계이다. 공자는 그러한 기본 공부를 하고 나서 비로소 자신의 꿈을 설정하고 그 꿈을 실현하기 위해 공부의 방향을 잡았던 것이다.

입立 _ 서른 살에 스스로 뜻을 세워 자립했다.

'지우학' 하고부터 15년의 고난도 공부를 거쳐 서른 살이 되어서야 비로소 주체적으로 자립할 수 있게 되었다는 것이다. 베스트셀러인 《아웃라이어》의 저자 말콤 글래드웰은 한 분야에서 전문가가 되기 위해서는 1만 시간의 꾸준한 노력이 필요하다는 '1만 시간의 법칙'을 제시했다. 1만 시간은 하루 3시간이면 10년, 하루 5시간이면 5년, 하루 10시간이면 3년이다. 공자는 최소 5시간에서 10시간씩 15년 동안 한 것이니 3~5만 시간을 공부한 셈이다. 어찌 자립할 능력이 생기지 않을 것인가?

불혹不惑 _ 마흔 살에는 나의 뜻이 주위세파에 흔들리지 않게 되었다.

마흔이면 경험도 있고, 세상 이치도 어느 정도 깨닫게 되는 나이다. 스스로 일어선立 다음 자신의 뜻을 펼치려 세상에 나가 여러 유혹과 방해에 부딪히게 된다. 세상이 배운 대로 돌아가지 않고, 실수와 실패, 유혹과 방해를 경험하면서 무너지고 다시 일어섬을 반복하게 된다. 수많은 방해공작에 흔들리지 않고 자신의 뜻에 따라 살아갈 수 있게 되는데 또 10년 정도의 현실공부가 필요한 것이다. 그러한 세파 속에서도 자신의 뜻이 흔들리지 않게 된 것이 '불혹'이다. 지식과 경험이 어우러져서 흔들리지 않게 되었으니 능력 있는 사람이 된 것이다.

지천명知天命 _ 쉰 살에 하늘의 이치를 알게 되었다.

그렇게 또 10년을 살다 보니 자연스럽게 깨달음을 얻는 나이가 되었는데 그것이 '지천명'이다. 사십대의 일이 작은 일이라 한다면, 오십대의 일은 대업이라 할 수 있다. 큰일을 도모하는 데 있어 개인의 사익에 머무르지 않고 공익을 우선으로 처리할 수 있는 올바른 판단이 매우 중요하다. 공자는 오십이 되어서 그렇게 생각하고, 일하고, 행동할 수 있게 되었다는 것이다. 그것은 지난 10년간의 공부 때문에 가능했다고 할 수 있다.

이순耳順 _ 예순 살에는 남의 말을 순순히 받아들일 수 있었다.

그렇게 천명을 따르면서 10년쯤 살다보니 자연 귀가 순해지는

'이순'이 된다. 귀가 순해진다니 무슨 뜻일까? 설사 남이 나에게 욕하여도 화를 내지 않는 단계인 것이다. 누구의 말이든 들어줄 수 있는 나이이다. 아무리 못 배우고 천한 사람이 하는 말이더라도 곡절이 있을 것임을 알기에 귀담아 들어줄 수 있는 것이다. 공부가 완성되어가는 시기다.

하지만 일반적으로 나이가 들어갈수록 귀가 어두워져버린다. 더 이상 공부를 하지 않기 때문에 고집과 아집만 남게 되고, 남의 말은 귀담아 듣지 않으려 한다. 우리 주위에도 생각이 원만하지 못하고 자기의 좁은 생각에 집착하는 어른들이 얼마나 많은가. 그러니 귀가 어두워지지 않도록 이 나이까지도 꾸준히 공부해야 한다는 의미다.

종심소욕, 불유구從心所慾하되, 不踰矩 _ 일흔 살이 되니 마음 내키는 대로 행동해도 세상의 법도에 어긋나지 않았다.

이렇게 한 평생을 공부하며 살아온 사람이라면 사리분별, 예의범절, 시서예악이 그저 물 흐르듯 순탄해진다. 그러한 생각과 행동들이 몸에 익어 그저 마음 가는 대로, 몸 가는 대로 하여도 틀리지 않고 예의에 어긋나지 않을 수 있는 것이다. 그 사람의 삶 그 자체가 예이고 예술이이기 때문이다.

그렇게 살다가 공자는 73세에 이 세상을 떠났다. 70년의 공부 인생이었다. 그의 삶의 여정은 우연이 아니라, 필연이었다. 학문에 뜻을 세우게 되면서부터 몸과 마음 가는 대로 행동해도 어긋남이 없기까지 실타래처럼 엮여 있는 것이다.

　그냥 나이만 먹어 마흔이 되었다고 불혹이 되는 것도 아니고, 오십이 되었다고 지천명이 되는 것도 아니다. 이순도 마찬가지다. 꾸준히 공부해야 가능한 일이다. 그러니 공부에는 때가 없다. 다만 그 나이에 맞는 공부가 있을 뿐이다.

　어쨌든 '지우학'이 없으면 '입'이 되지 않고, '입'이 안 되면 '불혹'할 것도 없으며, '불혹'하지 않으면 '지천명'을 알 수 없고, '지천명'을 모르면 '이순'할 것도 없어진다. 마지막으로 '이순'하지 않으면 '종심소욕불유구'하는 것도 가당찮은 일이다.

　결국 공자의 가르침은 살아 있는 동안의 꾸준한 인생공부다.

나이 듦은 노하우다

노하우-know-how가 있다는 것은 경쟁력이 있다는 말이다. 경쟁력이 있으면 험한 세상을 살아가는 데 있어 주도권을 쥐고 살아갈 수 있다. 주도권을 쥐면 일도, 인생도 주체적으로 이룰 수 있다. 주체적으로 인생을 살아가는 사람을 보면 아름답다. 질투가 날 정도로 눈이 부신다. 질투는 상대방이 범접하기 어려운 어떤 능력(?)을 갖고 있을 때 생긴다. 나이를 먹는다는 것이 그리 초라해지는 것은 아니다.

그럼에도 불구하고 세상은 그렇지 않은 것처럼 보인다. 노하우, 경쟁력, 주도권, 노련함을 모두 갖춘 나이든 사람들이 어설픈 젊은이들을 흉내 내지 못해 안달한다. 어이없게도 좌절까지 맛본다. 그렇게 생각하고 행동하는 이면에는 나이든 사람들이 육체의 젊음에 지나치게 집착하기 때문이다. 이런 집착은 나이 듦을 부정적으로 생각하게 하는 이유가 되고 있다.

이렇게 가진 것이 더 많은 전문가가 풋내기를 선망하여 안달복달하는 것 같아 보기 민망하다. 마치 전문가가 초보자에게 기본을 배우려는 형국이다. 나는 이런 현상이 일상화된 것에 대해 동의하지 않는다. 이해도 하기 싫다. 한편으로는 안타깝기도 하다.

나이가 들면 눈이 흐려진다. 먼 것은 잘 보이는데 가까운 것은 잘 보이지 않는다. 그래서 돋보기를 쓰게 된다. 과연 이 현상은 사람이 쓸모없어지고 있다는 신호일까? 그것은 주위에서 일어나는 사소한 일에 너무 매달리지 말고 유연하게 대처해도 되는 나이가 되었다는 신호라고 생각한다. 웬만한 일에 대해서는 참인지 거짓인지, 옳은지 그른지, 선한지 악한지, 아름다운지 추한지에 대해 스스로 판단할 수 있는 내공이 생겼다는 신호인 것이다. 그러므로 좁은 시야로 보지 말고 넓은 시야로 세상을 바라보라는 신호라고 생각해도 별 무리가 없어 보인다.

이와 같은 관점으로 보면, 나이 들어가면서 몸의 움직임이 둔해지는 것도 늙어가는 신호가 아니라, 유연해지라는 신호로 생각할 수 있다. 사실, 나이 들어가면서 세상이치가 더 잘 보이는 것은 사실이지 않은가? 그것을 경험하고 있지 않은가?

어쨌든 요즘 나이든 사람들은 '아~, 10년만 젊었으면~', '5년만 더 젊었으면'하면서 젊은 사람 흉내 내기에 급급하다. 그러다

절규하고, 억울해하고, 질투한다. 젊은 사람들은 그런 어른들을 존경하지 않는다. 어찌 자기를 흉내 내려는 사람을 진심으로 존경할 수 있겠는가? 그렇게 나이든 사람들은 주도권을 내어주고도 나이 많음을 앞세워 존경받고자 한다. 얼마나 우스워 보이겠는가.

사실, 지능은 나이 들수록 떨어지는 것이 아니라 높아진다. 사람의 뇌에서 기억에 관여하는 핵심 부위인 해마는 나이 들어도 증식한다고 한다. 동작성 지능은 떨어지지만, 언어성 지능과 결정성 지능은 올라간다. 또한 숙련을 통해 만들어지는 통괄성 지능이라는 것이 있는데, 이는 현역에게만 있는 지능이다. 은퇴자에게는 없는 지능인 것이다. 은퇴 후에도 지속적으로 지적인 숙련활동을 해야 만족스런 노후가 보장되는 것이다. 평생 공부해야 하는 이유가 여기에 있다.

반면에 어리거나 젊은 경우에는 가까운 것은 잘 보이는데 먼 것이 잘 안 보여 안경을 낀다. 물론 오목렌즈다. 이러한 현상도 젊은 사람들이 삶을 어떻게 살아가야 하는지를 말해주는 것이라고 생각한다. 전략이니 가치니 하면서 너무 재지 말고 우선 앞에 있는 일에 도전해 보고 최선을 다하라는 뜻이다. 젊을 때는 실패해도 상관 없으니 지금 앞에 놓여 있는 일에 최선을 다하는 것으로 충분하다. 많이 실패할수록 더 다양한 노하우를 쌓아갈 수 있기 때문이다. 청년기는 노하우를 쌓아가는 시기이다.

젊기에 잘할 수 있는 일도 많고, 나이가 들어서 잘할 수 있는 일도 많다. 젊음은 도전할 수 있어 좋고, 나이 듦은 유연할 수 있어 좋다. 젊든 나이가 들었든 그때 잘 해낼 수 있는 일이 있게 마련이다. 열등감을 겸손으로 착각하는 사람들이 스스로의 장점을 굳이 깎아내리는 것은 잘못된 생각일 뿐이다. 톨스토이는 나이가 어리고 생각이 짧을수록 물질적이고 육체적인 삶이 최고라고 여기는 법이고, 나이가 들고 지혜가 자랄수록 정신적인 삶이 최고라고 여기는 법이라고 말했다. 그의 의견에 동의한다.

살면서 터득한 삶의 노하우는 책으로 배울 수 있는 것도, 말로 가르쳐줄 수 있는 것도 아니다. 말이나 글로 가르칠 수 있다면 그것은 노하우가 아니다. 노하우는 시간을 들이고 땀을 흘리면서 스스로 체득해야 하는 것이다.

100세 시대다. '100세 시대의 생애주기'를 0~30세까지를 유년기, ~60세까지를 청년기, ~90세까지를 장년기, 90세 이후를 노년기로 구분하기도 한다. 지금까지의 장년기는 이제 겨우 청년기에 불과하다. 나이 듦은 노하우다. 빛나는 노년기를 위해 지금부터 매순간 자신만의 노하우를 쌓아가자. 젊음과는 비교할 수 없는 견고한 제2의 인생이 기다릴 것이다. 주도권을 넘겨주기엔 일러도 너무 이르다. 지금 당신은 청년이다!

멋진 중산층

　　자본주의 사회에서 살아가는 사
람은 누구나 이기주의자가 되고자 한다. 아니 열망한다. 어떤 것
을 서로 나눠 가지는 것이 아니라, 내 것을 얼마나 소유하느냐 하
는 것이 삶의 중요한 기준이 되기 때문이다. 소유한다는 것은 그
것 자체로 나에게 기쁨이 되고 때로는 힘으로 작용한다. 그래서
사람들은 많이 소유할수록 더욱 자신의 존재가 확실해 진다고
생각한다. 때문에 더욱 더 탐욕스러워진다. 탐욕은 결코 만족하
는 법이 없다. 그렇게 사람들은 천박해져 간다.

　　독일 출신인 미국의 정신분석학자 에리히 프롬Erich Fromm은 이
러한 소유 위주의 사회구조와 질서가 바뀌어야 한다고 주장한다.
프롬은 그의 책 《소유냐 존재냐To Have or To Be》에서 사람들의 삶
의 방식을 두 가지로 나눈다. 하나는 소유하는 삶의 형태이고, 다
른 하나는 존재하는 삶의 형태이다. 전자는 대상을 소유함으로

써 안정감과 만족을 얻는 대상에 끌려다니는 명사적 삶의 형태를 말한다. 후자는 어떤 것을 소유하느냐보다 있는 그대로의 존재 혹은 관계를 중요시하는 삶이다. 즉, '무엇을 가지느냐'가 아니라, '어떻게 사느냐' 하는 것이 중요한 기준이 된다는 것이다. 결국 '소유'를 버리면 '존재'가 행복해진다는 것을 역설하고자 하였다.

요즘 경제가 어렵다. 여기저기서 살기가 어렵다고 아우성이다. 두텁던 중산층은 매우 얇아졌다. 아니 몰락했다. 그럼에도 불구하고 정부에서는 중산층 70%시대를 들먹인다. 솔직히 좀 웃긴다. 어처구니 없게도 빈곤층 70%를 중산층 70%로 슬쩍 둔갑해 놓은 것이다.

중산층은 국어사전에 '중산계급에 속하는 사회적 신분의 층'으로 나와 있다. 세계적으로 통용되는 중산층의 기준은 경제협력개발기구OECD가 정한 것으로, 전체 가구를 '소득' 순으로 나열했을 때 가운데 위치하는 중위소득의 50~150% 사이인 가구를 중산층으로 분류한다.

그러나 선진외국에서 말하는 중산층의 기준에는 소득에 대한 언급은 없다. 단지 중산층의 시민의식이라고 할 수 있는 '중산층의식'이 규정되어 있을 뿐이다.

프랑스의 조르주 퐁피두 대통령이 말하는 중산층의 기준은 ① 외국어를 하나 정도는 할 수 있어야 하고, ② 직접 즐기는 스포츠가 있어야 하고, ③ 다룰 줄 아는 악기가 있어야 하며, ④ 남들과는 다른 맛을 낼 수 있는 요리를 만들 수 있어야 하고, ⑤ '공분'에 의연히 참여할 것, ⑥ 약자를 도우며 봉사활동을 꾸준히 할 것 등이다.

영국의 옥스퍼드 대학에서 제시한 중산층 기준은 ① 정정당당할 것, ② 자신의 주장과 신념을 가질 것, ③ 독선적으로 행동하지 말 것, ④ 약자를 두둔하고 강자에 대응할 것, ⑤ 불의, 불평, 불법에 의연히 대처할 것 등이다.

프랑스나 영국의 중산층 기준은 마치 교양인이나 지식인이 될 수 있는 기준을 말하고 있는 것처럼 보인다. 어디에도 돈소유에 대한 언급은 찾아볼 수 없다. 그렇다면 자본주의가 가장 발달되어 있다고 말하는 미국의 기준을 살펴보자. 그곳에는 돈에 대한 언급이 있을지도 모르니까.

미국의 공립학교에서 가르치는 중산층 기준은 다음과 같다. ① 자신의 주장에 떳떳하고, ② 사회적인 약자를 도와야 하며,

③ 부정과 불법에 저항하여야 하며, ④ 탁자 위에 정기구독하는 비평지가 놓여 있어야 한다.

이상하다. 가장 지독한 자본주의 국가인 미국의 중산층 기준에도 돈에 대한 언급은 없다. OECD 회원국을 기준으로 중산층 평균은 35.8%이지만, 미국은 28.5%로 가장 낮은 하위권이다. 이는 그만큼 소득불균형이 심한 나라라는 것을 반증한다. 참고로 한국은 31.3% 덴마크는 46.7%이다. 유럽이야 그렇다 치고 한국보다 못한 것이다. 그럼에도 불구하고 돈에 대한 언급은 없다.

그렇다면 한국의 중산층 기준은 어떠할까? 직장인을 대상으로 중산층 기준에 대한 설문결과에 의하면 다음과 같다. ① 부채 없는 아파트 30평 이상 소유, ② 월 급여 500만원 이상, ③ 자동차는 2,000cc급 중형차 소유, ④ 예금 잔고 1억원 이상 보유, ⑤ 1년에 몇 차례 이상 해외여행을 다닐 것 등이다.

처음부터 끝까지 돈, 돈, 돈이다. 어디에도 의식에 관한 내용은 없다. 천박하기 이를 데 없다. 실제로 우리 주위에는 돈만 알고 남을 배려할 줄 모르는 천박한 '돼지'같은 인간들이 더 큰 목소리를 내고 있다. 또 우리는 그것을 아무런 거부감 없이 인정하며 살아가고 있으니, 우리 역시 '돼지'라고 해도 할 말이 없다. 듣기 거북하지만 사실은 사실이다.

언제부터 한국인의 정신세계가 이렇게 천박해졌을까? 조선시대 중산층의 기준을 보면 철학적인 삶의 깊이가 느껴진다.

① 두어 칸 집에, 두어 이랑 전답이 있고, 겨울 솜옷과 여름 베옷 각 두어 벌, ② 서적 한 시렁, 거문고 한 개, 햇볕 쬘 마루 하나, 차 달일 화로 하나, 늙은 몸 부축할 지팡이 하나, 봄 경치 찾아다닐 나귀 한 마리, ③ 의리를 지키고 도의를 어기지 않으며 나라의 어려운 일에 바른 말하고 사는 것이라고 한다. ①은 의식주에 필요한 최소한의 소유에 관한 것이고, ②는 독서와 예술 그리고 세상을 즐길 줄 아는 여유로운 삶에 관한 것이고, ③은 바른 정신과 책임질 줄 아는 행동에 관한 것이다.

이렇게 보니 조선시대 중산층의 기준도 프랑스, 영국, 미국의 중산층 기준과 마찬가지로 물질과 경제적인 것은 최소한만 갖추면 되는 것이고, 정의롭고 선하게 사는 데에서 중산층의 조건을 찾고 있다. 이러한 기준을 보면 우리 조상들이 참 '멋스럽고 건강하게 살았었구나'하는 생각이 든다. 오늘을 살아가는 우리도 원래 우리 모습처럼 소박하고, 멋있게 살아갈 수 없을까? 마음만 바꿔먹으면 충분히 가능할 것 같은데…

벗과 나누고 싶은 쪽은 이야기

따귀를 때리고
맞을 수 있는
친구를 가진 자는
행복하다.

벗과 나누고 싶은 이야기

'정의' 때문에 불행하다

'정의가 존재하지 않는 시대는 불행하겠지만, 정의를 필요로 하는 시대는 더욱 불행하다'는 말이 있다. 사실 정의가 당장 밥 먹여주는 것도 아니니 정의가 없어도 생업에는 별 지장 없이 살아갈 수 있다면, 정의롭든 아니든 등 따습고 배부르면 서민들은 신경 끄고 생업에 열중하여 살아갈 수 있다. 불행하기는 하겠지만 견딜만한 삶일 것이다. 그런데 '정의를 필요로 하는 세상'은 문제가 좀 다르다. 힘없는 시민들은 정의에 대해 무심히 살아가려 해도 생업을 뒤로 하고 주린 배를 움켜쥔 채 실종된 정의를 이들이 찾아내야 하니 그 삶이 더욱 궁핍해지는 것이다.

요즘 우리나라 상황이 그렇다. 하버드 대학 교수 마이클 샌델의 《정의란 무엇인가》가 2010년부터 시작해서 지금까지 꾸준히 베스트셀러의 위치를 지켜오고 있다. 가히 '정의신드롬'이라 하지 않을 수 없다. 갑자기 우리나라 사람들의 의식수준이 높아져 정의에 대해 관심이 많아서 그런 것인지, 아니면 너무너무 살기가 힘들어 지금에라도 정의를 바로 세우지 않으면 큰일나겠다 싶은 위기감을 느껴 그런 것인지는 잘 모르겠다.

MB정권이 이루고자 했던 가장 큰 이슈가 '공정하고 법과 원칙이 바로 서는 정의사회구현'이라는 것이다. 그럼에도 불구하고 정의가 실종되었다는 것이 문제다. 국민들은 그 '정의'가 사람을 살리는 게 아니라 죽인다고 느낀다. 그래서 삶의 현실에서 찾아볼 수 없는 '정의'를 책으로나마 위안을 삼으려는 것인지 모를 일이다.

《노자》〈도덕경〉 첫 구절인 '도가도비상도道可道非常道'처럼 도진리는 말로 한정할 수 없는, 즉 정의도 정의라고 말하면 그것은 이미 그 정의가 아닌 것과 같은 이치이다. 현 정부가 정의를 외치고는 있지만 그곳에서 정작 정의를 찾아볼 수 없다는 것이다.

능력보다 학연, 지연으로 승진하는 것이 당연하게 여겨지는 현실, 같은 일을 하지만 월급을 반밖에 받지 못하는 비정규직, 정직하지 못한 자들이 인사청문회에 나와서 뻔뻔하게 동문서답을 해도 아무 탈 없이 요직을 꿰차는 장관님, 아버지 잘 만나 외교관 등 국가기관에 특채되는 '똥돼지'님, 한 대에 백 만원짜리 맷값을 지불하고 노동자를 개 패듯 패는 안하무인 재벌님, 자기 아들 때렸다고 쇠파이프 들고 가서 배로 갚아주는 회장님, 국민의 70%가 반대하는 4대강 사업을 구국의 일념으로 밀어붙이는 정부, 아이들 밥상에 이념의 잣대를 들이대고 덜떨어진 아집으로 망국이니 역사니 하면서 마치 독립운동하는 양 떠들어대는 정치꾼들, 자신들과 의견이 다르면 아직도 좌익, 종북이라며 빨갱이들의 정치 쇼로 만들고, 그들을 '포퓰리즘'으로 폄하하는 막무가내 여당. 그야말로 상식과 원칙이 실종된 상실의 시대이다.

뭐니 뭐니 해도 민생이 문제다. 종합소득세를 많이 신고한 상위소득계층 20%의 1인당 소득이 1999년 5,800만원이던 것이 이명박정권 2년차인 2009년에 55%가 증가한 9,000만원으로 껑충 뛰었다. 이에 비해 하위소득계층 20%의 서민계층은 오히려 306만원에서 199만원으로 곤두박질쳤다. 직장인의 경우도 마찬가지다. 근로소득세 기준, 2009년 직장인 상위소득계층 20%의 경우 평균연봉이 하위소득계층 20%의 평균연봉 1,480만원보다 6,200만원이 많은 7,680만원이었다. 가난한 사람의 삶은 점점 더 어려워졌다.

대학생과 초등학생이 같은 선상에서 100m 달리기를 하게 만들면서 공정한 경쟁이라 그들은 말한다. 가진 집 자녀들은 등록금

걱정 없이 해외연수 등으로 스펙을 쌓으며 공부에 전념하여 장학금을 타는데, 없는 집 자식들은 등록금에 생활비까지 벌려고 아르바이트에 매달리다 보니 공부할 틈이 없어 장학금은 꿈도 못 꾸고 대출등록금 때문에 빚쟁이로 전락한다. 대기업이 동네 빵장사, 치킨장사도 서슴지 않고 하면서 부끄러운 줄 모른다. 오히려 자본주의 사회에서 자기 돈으로 사업하는 것이 뭐가 잘못이냐고 큰소리친다. 그러니 '개천에서 용난다'는 말은 옛말이 되어버렸다. 개천이 말라버려 용은 고사하고 용의 씨가 말라버린 세상이 되어버렸기 때문이다. 어찌 이런 세상을 정당하다 하고 공정하다고 할 수 있는가?

게다가 윗물 흐린 것은 관행이라 얼버무리면서 아랫물이 흐리다며 법과 원칙이 바로 서는 정의사회 만들겠다고 있는 먼지도 모자라 없는 먼지까지 만들어서 으름장을 놓는다. 저항의 싹은 애초에 차단해버리고 그저 운명으로 받아들이길 강요한다. 더 불행한 것은 그들이 부르짖는 거짓이 이미 우리 몸에 밴 아비투스습관가 되어 일상화되어 버렸다는 것이다.

마이클 샌델은 정의로운 사회는 소득과 부, 의무와 권리, 권력과 기회, 공직과 영광 등을 올바르게 분배하는 것이라고 주장한다. 분배과정에서 누가 왜 받을 자격이 있는가는 묻지 말아야 한

다고 말한다. 그러면서 정의의 기본원칙 3가지로 '행복한가? 자유
로운가? 평등^{공평}한가?'를 따져보아야 한다고 말한다.

세계적 경제위기인 요즈음, 미국과 유럽의 부자들은 솔선해서
위기극복의 책임을 지겠다고 나선다. 미국 투자자 워런 버핏이
"나 같은 수퍼리치^{거부}들에게 더 많은 세금을 물려라"고 요구한
데 이어서, 프랑스, 독일, 벨기에, 스페인, 이탈리아 등의 부자들
의 '증세선언'이 이어지고 있다. 이런 자발적 요구에 힘을 받아서
프랑스나 스페인 같은 경우는 부유세 성격의 부자증세방안을 입
법추진하고 있다.

그 부자들은 세금을 더 내겠다고 하는 이유를 다음과 같이
말한다.

"재정긴축으로 가난한 사람을 더 어렵게 만드는 것은 위기
극복 방안이 아니다."

"몇 퍼센트의 세금을 더 낸다고 해서 부자가 가난해지지
는 않는다."

"우리가 더 낸 세금이 국가부채 탕감에 쓰인다면 모두가
더 부자가 될 수 있다."

"특권계층이 국가가 안고 있는 어려움을 좀 더 떠안아야
공정한 사회다."

그야말로 노블레스 오블리제다.

이에 반해 우리나라의 일부 정치인과 부자들은 '복지를 늘리는 것은 포퓰리즘'이고, 위기에 처한 국가경제를 극복하기 위해서는 오히려 '부자들의 세금을 더 깎아줘야 투자도 하고 경쟁력이 생긴다'고 주장한다.

정의라는 말은 너무 만연한데, 실상은 그 실종이다. 가히 '양두구육', '표리부동*'의 나라라 아니할 수 없다. 이러한 현실이 시민이 깨어 있어야 할 이유를 제공한다.

깨어 있어야 한다.

---

* 表裏不同 : 마음이 음흉하여 겉과 속, 말과 행동이 다름

거짓말이 시작되는 곳

남이 원하는 삶을 사는 것이 노예의 삶이라면, 힘들더라도 자신이 원하는 삶을 관철시켜나가고자 하는 삶이 주인의 삶이다. 노예에게 감자 한 바구니를 옮겨 놓으라고 시키면 군말 없이 옮겨 놓지만, 그 감자를 큰 것과 작은 것으로 분류해 놓으라고 하면 나누지 못한다. 노예는 시키는 일만 할 뿐, 왜 옮겨야 하는지 어떤 것이 크고 작은 것인지 판단할 능력이 없다. 극단적이지만, 노예의 삶이란 판단능력, 즉 비판능력이 없는 것이다. 반면에 주인의 삶은 스스로 판단할 수 있는 능력을 가지는 것이다. 그냥 남이 그렇다고 주장하니까 그렇다고 믿는 것이 아니라, 의심나는 것은 살펴보고 의문이 있는 것은 따져 본 후에 판단하고 자신의 의견을 제시하는 것이 주인으로 살아가는 삶의 모습이다.

지금 우리는 제대로 판단을 하지 못하도록 왜곡시키는 세상의 시스템 속에서 살아가고 있다. 그 시스템은 겉으로는 정당함을 주장하지만, 알고 보면 기득권자의 이익을 지키거나, 확대하기 위한 도구로 활용된다. 약자의 권리를 착취하기 위한 도구로 사용되고 있다는 말이다. 결국 그것은 거짓말을 하는 시스템이다.

보통사람들이 하는 거짓말은 소소한 다툼도 불러오지만 때로는 기분이 좋아지거나 힘이 되기도 한다. 악의가 있거나 남에게 피해를 주기보다는 분위기를 좋게 만드는 윤활유 역할을 하는 경우도 많다. 물론, 이런 거짓말이 오늘의 주제는 아니다.

그렇다면 우리가 나쁘다고 생각하는 거짓말은 어디에서 시작되는 것일까? 그것은 '의제설정'에서 시작된다. 한참 문제가 되었던 쌍용자동차 이야기를 해보자.

노동자가 공권력법과 질서을 무시했다느니, 공권력이 노동자를 짓밟았다느니 하는 논쟁이 있었다. 노동자들의 파업에도 불법의 요소가 있을 것이고 사측의 문제 처리방식도 마찬가지다. 그러나 한쪽은 피해자이고 다른 한쪽은 가해자인 것은 분명하다. 쌍방의 과실이 1 대 99든 10 대 90이든, 엄연히 사측의 과실이 크다는 사실에도 불구하고 쌍용자동차 논쟁을 시작하게 되면서 양측의 주장은 50 대 50이 되어버렸다. 순식간에 '작은 잘못'과 '큰 죄'가

같아지는 것이다. 이것이 바로 나쁜 거짓말을 하는 방식이다. 피해자도 가해자도 없어지고, 자기들의 이익을 두고 서로 싸우고 있는 것으로 보이게 한다. 현실에서 피해자는 철저하게 외면당하고, 뉴스도 이를 제대로 전하지 않는다.

'종북문제'도 마찬가지다. 노무현 대통령도 종북이고, 전교조도 종북이고, 쌍용자동차 노동자들도 종북이고, 일부 시민단체도 종북이라고 몰아세운다. 그들은 불편하면 모두 '종북'이라는 매트릭스를 씌워버린다. 검거할 명분도 없이 본질을 흐리게 하기 위해 일단 빨갱이로 만들어버린다. 이처럼 못된 자들은 우리 민족의 가장 아픈 상처를 도구삼아 그들의 욕심을 채우기 위해 교활한 종북 매트릭스를 사용하고 있는 것이다.

사실이냐 아니냐는 전혀 중요하지 않다. 이것이 매트릭스의 숨겨진 힘이다. 매트릭스가 무엇인가? 틀이고, 판이다. 사람들의 생각을 그 틀에 가두는 것이다. 다른 생각을 못하게 만든다. 바로 대부분의 기득권자들이 허울 좋은 명분을 내세우며 피지배계층을 속이는 방식이다. 이 나라의 못된 지도자들은 이러한 방식이 잘 먹혀 들어간다는 사실을 너무 잘 안다. 이런 '매트릭스', '프레이밍' 방식을 능숙하게 이용할 줄 안다.

보통사람들은 자신들이 못된 자들이 쳐놓은 매트릭스에 걸려들었다는 사실을 잘 모른다. 오히려 자신들은 그런 문제에 대해 제대로 알고 제대로 판단하고 있다고 생각한다. 교활한 권력자는 순진한 국민을 보며 마음껏 비웃고 사정없이 휘두른다. 오랜 시간이 흘러 눈치채고 후회해도 그땐 너무 늦다. 오호통재라!!!

못된 자들이 자주 들먹이는 말이 '법과 원칙 그리고 효율성, 경쟁력, 공정성'이라는 매트릭스다. 그 주장들이 원래 틀린 것은 아니지만, 강자를 위해 주장하는 것이라면 문제가 있지 않은가? 주장의 초점이 약자 입장에 맞춰져야 하지 않은가?

어느 누구든 인권이나 권리를 말한다는 것은 학생이든, 노동자든, 여성이든, 그 대상이 사회적 약자라는 것이고, 약자라서 보호해주어야 한다는 것을 의미한다. 그러므로 약자에게 강자의 권리를 말할 수 없고, 노동자에게 사측의 권리를 들이밀어선 안 된다. 마찬가지로 국민에게 국가의 권위를 말할 수 없는 것이다. 강자의 권리와 권위를 지키는 방법은 유일하다. 강자가 약자의 권리를 지켜주려고 배려할 때 가능한 것이다. 그런데 지금 세상은 약자에게 강자의 권리를, 국민에게 국가의 권위를 지켜달라고 요구한다. 참, 염치없는 자들이다. 이제는 파렴치한 그들에게 휘둘리지 말자.

스스로 판단하고 결정하여 주장할 수 있는 주인의 삶을 살기 위해서 두 눈 부릅뜨고 귀를 쫑긋 세우자. 교활한 매트릭스에 걸려들면 주인의 삶을 살아가기 어렵다.

경쟁 아닌 경쟁

경쟁이란 무엇인가? 정당한 상황
과 조건에서 서로에게 득이 되는 것을 추구하는 것이 경쟁의 기
본이다. '상생'인 것이다. 그래서 우리는 경쟁을 통해 많은 발전을
이룬다. 상생을 기본으로 하기 때문에 미덕이 되고 장점이 된다.
그래서 우리는 경쟁을 자신을 발전시키는 밑거름으로 생각한다.
현대를 살아가는 우리에게 경쟁은 필수가 되었다.

오늘날 경쟁의 의미는 많이 변해버렸다. 서로에게 득이 되는
것이 아닌 둘 중 하나를 죽이거나 다시는 일어설 수 없게 만들어
승자만 생존하는 것이 목적이 되어버렸다. 더 이상 함께 살아가
는 의미로 생각하지 않는다. 상생으로서의 경쟁은 사전 속에서
나 존재하는 허접한(?) 말이 되어버렸다. 이제는 '전쟁'이라 표현
할 만큼 변한 것이다.

전쟁이 무엇인가? 이기는 것이 궁극의 목적이다. 한 마디로 '너 죽고 나 살자'는 것이다. 상생이 아니라, 생존이 더 중요한 가치가 되었다. 전쟁 상황에서는 인정도, 자비도, 배려도, 법도, 정당성도 필요치 않다. 오로지 살아남는 것이 중요한 가치가 된다. 상대를 죽여야 살아남는 전쟁은 사람을 야만으로 이끌게 된다. 지금 우리가 말하고 있는 경쟁은 경쟁인가, 전쟁인가?

그 야만스러운 전쟁 속에서도 나름대로의 선이 있다. 해서는 안 될 일이 있다는 것이다. 그 선을 지키지 않으면 전쟁이 끝난 뒤 반드시 죗값을 치르게 된다. 이른바 전쟁범죄국사람도 마찬가지들에 대한 처리이다. 전쟁이 끝난지 60년이 다 되어가는 지금까지도 일본, 독일, 이탈리아는 세계2차대전의 책임을 물어 전쟁보상을 하고 있는 중이다.

지금 우리나라의 현실은 다음 내용이 일상화되어 있다. 대기업들이 잇따라 사상 최대 실적을 기록하고 직원들 역시 연봉의 최고 50%까지 성과급을 받고 즐거워하고 있을 때, 같은 직장에서 같은 일을 하던 비정규직 근로자들에게는 그것이 완전히 딴나라 이야기다. 오죽하면 대기업 정규직이 '귀족'이라면 중소기업 정규직은 '평민', 비정규직은 '불가촉천민'이라는 말까지 나왔을까?

우리나라 전체 임금근로자는 1,700만 명 정도다. 한국노동사회

연구소에 따르면 2011년 3월 우리나라 비정규직 근로자는 831만 명으로 전체 근로자의 48.7%에 달한다. 정부 공식 통계로도 577만 명이다. 이들은 정규직의 절반 수준의 임금을 받으며 생활하고 있다. 이를 바탕으로 "우리나라가 OECD경제협력개발기구 국가 중에서 저임금계층이 가장 많고 임금불평등이 가장 심하다"고 이 연구소는 평가했다.

사실 우리나라에서 이런 일들은 일상이 되었다. 절반을 현재의 비정규직 근로자로 놓아두고 말하는 공정한 경쟁은 애초에 정당하지 않다. 그럼에도 불구하고 오늘날 기업들은 단순한 경쟁을 넘어 무한경쟁의 시대라고 목소리를 높인다. 그러면서 불공정함을 정당화하는 데 박차를 가한다. 자신들의 이익을 극대화하기 위해 근로자들의 임금을 줄이거나 정리해고 해버리는 것이다. '희망버스'로 전국적인 이슈로 떠오른 한진중공업의 경우는 경쟁업체보다 두 배의 영업이익을 챙기면서도 경영난을 이유로 들어 근로자들을 정리해고 시켜버린 무책임하고 몰염치한 대기업의 전형을 보여주고 있다.

그 모든 것을 가능하게 하는 것은 '기업은 이윤추구를 위해 존재한다'는 자본주의 강령 때문이다. 우리는 자본주의의 이 강령에 대해 별다른 저항이 없다. 그것을 당연하다고 여긴다. 너무나 오랫동안 관행이란 이름으로 세뇌되어 왔기 때문이다.

과연 그럴까? 기업이 이윤을 목적으로 하는 것은 무엇 때문인가? 기업만 잘 먹고 잘살기 위한 것인가? 우리가 모두 그것을 인정한다면 기업은 이윤추구를 위해 아무런 죄책감 없이 수단과 방법을 가리지 않을 것이다. 수단과 방법을 가리지 않는다는 것은 불법적인 행동을 해도 정당화된다는 것이다. 이윤추구를 위해 불량상품을 만들어 소비자가 다치거나 건강에 치명적인 해를 입어도 개의치 않는다. 지유시장경제 체제에서 기업이 이윤을 남기기 위해 못할 일이 무엇이 있겠는가. 과연 그것으로 기업의 잘못을 물을 수가 있을까.

이윤추구라는 기업의 목적은 '더불어 살아가기 위한 이윤추구'를 전제로 해야 한다. 계속해서 이윤을 남기려면 소비자가 잘 먹고 잘 살아야 한다. '상생'만이 건전한 시장경제 체제가 유지되기 마련이다. 눈앞의 이윤만을 보고 불량상품을 만드는 기업에는 솜방망이 경고가 아니라, 철퇴를 내려야 한다.

왜 상생경쟁이어야 하는가? 우리나라 대기업들이 처음부터 자수성가했던가? 그들이 처음 사업을 시작할 때에는 정부로부터 온갖 특혜를 다 받았고, 그 과정에서 적지 않은 국민의 세금을 사용했다. 기업이 위기에 처했을 때특히 IMF는 국민의 세금인 공적

자금으로 그들의 위기를 극복할 수 있게 도와주었다. 그들이 오늘날 이룩한 영광은 그들의 능력과 노력만으로 이루어진 것이 아니다. 그들은 분명 국민에게 큰 빚이 있음에도 불구하고 애써 그 사실을 모르쇠로 일관한다. 지금 세계는 무한경쟁의 시대라고 말이다. 자기들의 생존을 위해 노동자가 희생되어야 한다고 후안무치의 교활한 거짓말을 해댄다.

사실 그들이 외치는 '무한경쟁'의 논리에선 오직 그들만이 이익을 볼 수 있다. 상생이 전제되어 있지 않다. 오로지 탐욕과 폭력이 자리할 뿐이다. 이젠 노동자, 소비자, 정부가 기업의 교활한 무한경쟁시대 논리에 제동을 걸어야 한다. 정부가 나서지 않는다면 시민 스스로 요구해야 한다. 분명한 것은 이대로 눈감아 준다면 그들은 더 교활한 술책을 찾아내어 정당화하며 우리를 옭죄어 올 것이다.

'꼼수'가 일상화된 세상

　　　　　　　　　상황에 어울리지 않는 엉뚱한 일
을 진지하게 하는 걸 보면 우리는 웃게 된다. '사오정' 같은 상황
이 우리를 웃게 만드는 것이다.
　앙리 베르그송은 그의 책 《웃음》에서 웃음을 다음과 같이
일갈했다.

　　"유연한 것, 끊임없이 변화하는 것, 생동적인 것에 반대되
　　는 경직된 것, 기성적인 것 그리고 집중에 반대하는 방심, 요
　　약하자면 자유스러운 활동성에 대립되는 기계주의, 이것이
　　결국 웃음이 강조하고 교정하려고 하는 결과점이다."
　　　　　　　　　　　　　　　　　《웃음》, 세계사, 1992

　웃음은 유연하지 못한 경직된 것, 변화하는 것이 아닌 기계적

이고 반복적으로 이루어지는 반성 없는 행동들에 대한 인간의 본능적인 저항이라 할 수 있다. 어처구니없는 맹목적인 일이 벌어지고 있는 곳엔 웃음이 터져 나오는 법이다. 전체주의적 획일성과 관료주의적 경직성이 우리를 길들이려고 할 때, 우리는 웃음으로 저항하고자 한다. 그래야 우리의 삶을 유연하고 창조적으로 변화시키며 살아갈 수 있기 때문이다. '나꼼수'가 꼼수에 피곤한 사람들을 웃음으로 몰아넣어 삶의 숨통을 열어주었던 이유다.

꼼수란 무엇인가? 눈에 보이는 얄팍한 속임수를 말하는 것이다. 사실 상대방의 꼼수가 내 눈에 보이면, 나의 꼼수도 상대방에게 훤히 비친다는 것은 너무 당연한 일이다. 그런데 늘, 항상, 아둔한, 힘 있는 무작한 자들은 자신들의 꼼수가 다른 사람들은 결코 눈치 챌 수 없는 그들만의 비밀이라고 착각한다. 한 마디로 상대방을 바보로 착각하는 것이다.

'This is a cigarette'는 '디스는 담배다'라는 뜻이고, 'Yes, I can' 은 '그래, 나 깡통이다'라는 뜻이고, 'I can understand'는 '나 물구나무 설줄 안다'라는 뜻이라며 진지하게 우기는 것과 같다.

불행하게도 우리 사회는 이런 꼼수가 일상화된 사회다. 힘 있는 자들이 꼼수를 더 많이 쓰고 있고, 그것이 능력으로 인정받는 사회가 되어 있다. 대부분의 사람들은 이렇게 일상화된 꼼수에 대해 만성이 되어 비웃지도 않는다. 애써 외면하며 무기력해질 뿐이다.

'정당성이 있다고 하더라도 타인의 자유와 권리를 침해하면 안 된다'고 말하는 사람들이 있다. 얼핏 들으면 맞는 말 같지만 알고 보면 명백한 꼼수다. 정당성이 있는 어떤 주장을 관철하기 위해 집회나 행진을 할 때 어떻게 타인의 자유와 권리를 침해하지 않고 시위를 할 수 있는가? 그들의 논리대로라면, 타인의 자유와 권리를 침해하지 않기 위해서는 절대로 '시위'를 하면 안 되는 것이다. 어떤 시위라도 불법이 되고 범죄가 된다.

이러한 주장은 국민의 말할 권리와 자유를 인정하지 않겠다는 뜻이다. 겉으로는 국민의 자유와 권리를 수호하는 듯이 말하지만, 실제로는 국민의 자유와 권리를 아예 원천봉쇄하겠다는 꼼수다.

또한 '법과 원칙을 지키는 것이 민주주의의 수호'라고 말한다. 이것 역시 꼼수다. 국민의 행복권을 위해 존재해야 하는 공권력의 목적을 훼손시켜 놓고 법과 원칙을 지켜야 한다고 주장하는 것은 애초에 앞뒤가 맞지 않는다. 법과 원칙이 정부집권자를 위해 집행되고 있다면 제대로 시행되고 있는 것이 아니다. 어떤 시위에 사람이 모이는 것은 그만큼 그 이슈가 자신의 삶과 관계하고 있다고 생각하기 때문이다. 하지만 권력은 그것을 애써 무시한다.

꼼수는 또 다른 꼼수를 낳는다. 공권력이 애초에 시위장소를 차단하고자 꼼수를 부리면, 시위대는 집회장에 가기 위해 또 다른 꼼수를 부리게 된다. 꼼수게임이 되는 것이다.

'우리나라는 수출로 먹고 살아야 한다'고 말한다. 맞다. 꼼수는 그 다음부터다. 그러기 위해서는 '대기업이 잘되어야 한다'고 말한다. 정말로 대기업이 잘되면 국민들의 삶은 나아지는가? 나아지지 않는다. IMF를 겪은 지난 10년간의 현실이 그것을 증명한다.

IMF라는 국가적 위기를 벗어나기 위하여 국민들이 희생하여 기업의 고통을 분담했다. 국민의 세금은 기업을 살리는 데 사용되었고 기업들은 빠르게 경쟁력을 회복했다. 대기업의 꼼수는 이때부터다. 경쟁력을 회복한 기업들은 자신들이 도움 받은 국민에게 그 이익을 나누지 않고 독차지했다. 대기업이 사상 최대 이익을 남겨 갈수록 국민들의 삶은 더 팍팍해졌다. 비정규직 비율은 점점 높아져 50%를 넘어서고 있다. 이래도 대기업이 잘되어야 대한민국이 잘 살 수 있다고 얘기할 수 있는가?

살면서 꼼수 한 번 부려보지 않은 사람이 몇이나 되겠나? 친구가, 자녀가, 후배나 상사가 눈에 보이는 빤한 꼼수를 부릴 때면 애교로 봐주거나 소심한 복수로 넘겨버린다. 그러나 공권력이 부리는 꼼수에는 냉정해야 한다. 힘 있는 '집권여당'은 여전히 꼼수를 부린다. 그 꼼수에 국민들이 농락당하느라 정신을 놓고 있는 동안 그들은 부를 축적하고 힘을 키워 또 다른 꼼수를 준비한다.

꼼수가 드러나기라도 하면 하나같이 국가와 민족의 선진화를 위한 '구국의 결단'이었다고 한다. 그렇게 그들은 스스로 매국노가 아니라 애국자가 되어간다.

정말이지 아귀가 잘 맞는 꼼수 아닌가?

약속은 지키지 않는 것

이 세상에 완벽한 것은 없다. 아무리 완벽해 보여도 다른 측면에서 보면 문제가 있기 마련이다. 그럼에도 불구하고 우리는 선택을 할 수밖에 없다. 토론을 하고, 논쟁을 해서 합의점을 찾아 약속에 이른다. 그러니까 약속은 차선책이다. 서로에게 썩 마음에 드는 것은 아니지만, 그 정도면 현재보다 더 나아진 것이라고 생각한 결과다. 솔직히 여기까지 과정은 어렵지만 꽤 민주적이다.

문제는 약속을 어기는 데서부터 시작된다. 원칙과 신뢰를 지키지 않을 때, 약속은 거짓말이 되어 버리고, 급기야는 사기로 전락해버린다. 우리나라 정치판에서는 이런 일이 일상다반사다.

결국 여야가 거두어버린 '기초의원 정당공천 폐지문제'만 해도 그렇다. 지난 2012 대선 때 여와 야는 서로 정당공천을 폐지하겠다고 앞다투어 공약했다. 공약의 진정성이 있었다면 정당공천 폐지 약속은 이번 선거에서 실행되었어야 했다. 현실은 다시 원점으로 돌아가 결론 없는 싸움을 하고 있다. 서로 갑론을박하며 폐지와 유지를 주장한다.

정당공천제 폐지에 찬성하는 김태일 교수영남대 정외과는 다음과 같이 주장한다.

첫째, 정당공천으로 지방정치의 중앙정치 예속이 심화되었다. 즉, 지방정치인의 생사여탈권을 국회의원이 가지게 됨으로써 지방정치인은 국회의원의 심부름꾼이 됐다. 둘째, 공천비리, 정실공천 등 공천과정을 둘러싼 비리가 끊이지 않고 있다. 셋째, 지역주의에 기초를 둔 패권정당들이 각 지역 풀뿌리 정치를 지배하게됨으로써 지방정치에서 정치적 다양성이 사라졌다. 영남과 호남에서는 지역 패권정당의 독재가 형성됐다.

한편, 정당공천제 폐지에 반대하는 정연주 교수성신여대 법학과는 다음과 같이 주장한다.

첫째, 무엇보다 공천 폐지는 정당의 기능과 참정권을 부정하므로 위헌의 소지가 크다. 둘째, 신진세력소수, 여성, 장애인의 당선을 봉쇄하는 결과를 가져와 토호세력과 재력가의 당선만 유리하게 만든다. 셋째, 또 선거에서 정당의 개입을 배제하는 것은 유권자의 알권리와 선택권을 침해하는 것이다. 넷째, 정당공천을 금지해도 후보자는 당적을 보유한 채 출마할 수 있고, 특정 정당지지, 추천, 경력표시를 할 수 있어 정당의 개입이 가능하다.

두 전문가의 주장은 모두 일리가 있다. 하지만 정치권에서는 각각 자신들의 이익에 맞는 말만 골라 이용한다. 만약 전문가의 주장이 어떤 특정집단의 이익을 지켜주기 위한 거수기 주장이라면 시쳇말로 참 '쪽'팔리는 짓을 하고 있는 것이다. 그렇지 않기를 바랄 뿐이다.

그런데 정치권의 다툼은 누가 봐도 '싸우는 척' 흉내만 내고 있으니 가관이다. 그러니 정당공천 유지를 주장하는 쪽도, 폐지를 주장하는 쪽도 모두 진정성이 없어 보인다. 둘 다 당리당략에 의한 주장을 위한 주장으로 들리기 때문이다. 그들은 민생을 위한 것이라고 힘주어 말하지만 국민들이 볼 때에는 다 거짓처럼 보일 뿐이다. 정치꾼들은 국민들이 정치를 혐오하도록 조장한다. 그래야 마음대로 속여먹을 수 있기 때문이다. 지금의 우리 정치판이 그렇다.

분명 '퍼질러 놓은 똥'과 '찔끔 지린 똥'의 차이가 분명할 것인데, 국민은 싸잡아 불신한다. 둘 다 '똥'이라는 것이다 그들의 계획은 성공했다. 그러니 옳은 말을 해도 진정성을 인정받을 수 없다. 어차피 그 논쟁이 민생과는 상관없다고 생각하기 때문이다. 민생과 관계가 없으니 싸워도 말릴 생각은 않고 무시하는 것이다. 국민들은 어느 쪽도 믿을 수 없으니 어느 쪽 손도 들어주지 않는 것이다. 몰라서 안 믿는 것이 아니다.

정치는 적과의 동침이라고 말한다. 정치의 핵심을 찌르는 정확한 표현이겠지만 그것은 더러운 정치의 핵심이지 올바른 정치의 핵심은 아니다. 특히 원칙과 신뢰를 말하면서 그 원칙이 상대에게는 가혹하게 적용하고, 자신에게는 매우, 매우 관대하다면 누가 그런 고무줄 원칙을 신뢰할 수 있겠는가?

나는 정치의 더러움에 대해서는 잘 모른다. 하지만 약속은 지켜져야 한다는 것 정도는 안다. 어느 쪽의 옳고 그름을 떠나 약속을 했으면 지켜야 한다. 그것에 다소 문제가 있다 하더라도 일단 실행해보고, 그 다음 보완을 해도 해야 된다는 것이다. 해보지도 않고 온갖 핑계를 만들어 스스로 한 약속을 어기는 파렴치함은 참으로 용납하기 어렵다.

여당은 약속을 어기기로 마음먹었으니 나쁘다. 약속을 지키겠다는 야당의 주장이 정말로 지방정치의 다양성을 통해 민생을 위하겠다는 진정성에서 비롯된 것이라면, 야권만이라도 2014년 6.4 지방선거에 정당공천 없이 임하여 약속을 실행하는 모습을 보여주었어야 했다.

국민에게 한 약속을 지키기 위해 살신성인했다면 우매한(?) 국
민들이 그 진정성을 몰라주었을까?

그것이 혁신이고, 새 정치의 시작이 아니었을까?

아니면 손해가 너무 커졌을까?

짝퉁 대한민국

        누구나 오리지널원본을 가치가 있다고 한다. 그것은 명품이 될수록 더욱 그렇다. 명품은 자신의 정체성을 가지고 있다. 모방품이나 복제품이 명품이 될 수 없는 이유이기도 하다. 그래서 상품이나, 사람이나, 어떤 지역이나 심지어 국가까지도 자신들의 정체성을 표현하고자 한다. 그리고 정체성의 표현은 경쟁력이 되고 상품화로 이어지게 된다.

    문화도 마찬가지다. 다른 문화를 베끼거나 흉내내는 것은 가치가 있을 수 없다. 짝퉁이 되기 때문이다. 짝퉁이 아무리 정교하게 만들어졌다 하더라도 가치가 높아지기는커녕 허접한 복제품에 불과하다. '너훈아'가 아무리 뛰어나다 하더라도 '나훈아'를 넘어설 수 없고, '조영필'이 아무리 뛰어나다 하더라도 '조용필'을 넘어설 수 없는 것과 마찬가지이다. 그들은 영원히 짝퉁으로 살아갈 뿐이다.

이야기를 좀 확대하여 생각해보자. 글로벌시대의 국제공용어는 영어다. 영어를 잘하면 경쟁력이 생긴다. 그러나 정체성 없는 유창한 영어실력은 경쟁력이 되지 못한다. 정체성은 국제 비즈니스에서도 매우 중요하기 때문이다. 자국의 역사나 문화에는 까막눈이 외국 바이어를 상대로 아무리 유창한 영어로 상품을 소개해봐야 자긍심 없는 근본은 금새 드러나기 마련이다. '넌 누구냐'라는 실소 섞인 눈초리만 돌아올 것이다. 인정받지 못하니 할 수 있는 역할이 머슴밖에 더 있겠나. 전공보다 더 열심히 영어공부를 했는데, 근본 없는 방랑자 취급이나 받으니 낭패가 아닐 수 없다.

Hi Seoul, Dynamic Busan, Colourful DAEGU, Pride GyeongBuk, Ulsan for you, Clean Gwangju, It's Daejean, Fly Incheon, Feel GyeongNam

우리나라 지자체의 슬로건들이다. 대부분 영어다. 국제화시대에 발맞추어 만든 슬로건이니 탓할 일도 아니지만 문제를 짚어보자.

첫째는 영문슬로건을 만든 담당자들도 왜 만들었는지 잘 모른다는 것이다. 그러니 지자체가 도민·시민을 위해 무슨 일을 해야 하는지 모른다. 적당히 절차나 따지며 복지부동할 뿐이다. 둘째는 도민·시민들이 그 의미를 잘 모른다는 것이다. 슬로건의 역할은 어떤 메시지를 쉽고 간단하게 전달하여 효율성을 높이는 것인데, 그 의미를 모른다니 슬로건이 있으나 마나다. 셋째는 위의 영문슬로건들은 영어를 사용하는 외국인들조차도 무슨 뜻인지 이해하지 못한다는 조사결과다. 낭패다. 족보 없고 조악한 영문슬로건이 국제화는커녕 국제적 웃음거리만 되고 있는 것이다.

결국 우리나라 지자체 슬로건은 지역의 특성이나 정체성도 제대로 나타내지 못하고, 도민·시민에게는 공감도 얻지 못하고, 국제화를 위한 도구로도 활용되지 못하고 있다. 그저 서구를 모방하고 흉내내는 어릿광대짓만 하고 있는 것이다. 이러한 영문슬로건과 같은 예가 한두 가지인가. 국영기업에서부터 지자체의 세부행정실천계획에까지 어설픈 영어가 판을 친다. 물론 이는 우리의 일상생활에서도 마찬가지로 나타나는 현상이다.

이탈리아를 여행한 적이 있다. 이탈리아는 어딜 가나 풍부한 문화유산을 보고 공예가나 디자이너의 상품을 구입하려는 관광객으로 북적였다. 하지만 전 세계에서 모인 관광객을 위한 영어로 된 교통표지판은 눈에 띄지 않았다. 가이드를 동반하지 않으면 도무지 불편해서 관광하기가 힘들다. 게다가 단체관광일 경우 국가에서 지정한 가이드 없이는 관광을 할 수도 없다. 위법이기 때문이다. 그리고 식당에서건 어디서건 그들은 그들의 방식대로 외국인을 대한다. 마치 '로마에 가면 로마법을 따르라'를 웅변하는 듯하다. 그들의 오만하고 배짱 있는 태도가 불편하고 불쾌했다.

하지만 내심 그들이 부러웠다. 그들이 그들의 역사와 문화에 대한 자부심이 대단하다는 것과 모든 정책의 기준이 자국민을 위한 것에 기반하기 때문이었다. 국가가 자국민을 중심으로 돌아가니 살기 편하고, 그런 자긍심이 방문객들에게 친절하면서도 당당한 여유로 표출된다. 실제로 이러한 자국민 우선정책은 모든 선진국들의 공통된 정책기조이기도 하다.

우리나라의 상황과는 달라도 너무 다르다. 참 씁쓸하다. 영어를 사용하면 '폼난다'고 생각하는 영어 사대주의적 사고를 정부가 솔선해서 부추기고 있기 때문이다. '겸손도 지나치면 비굴이 된다'는 말이 있다. 우리는 외국인특히 백인계들에게 비굴할 정도로 친절하다. 그런데 우리가 베푸는 친절이 그들에게 정말로 친절로 기억될까? 아니면 비굴함으로 기억될까? 그 답은 그들이 하는 행동을 보면 짐작할 수 있다. 대한민국에서 일하는 많은 외국인들의 행태는 무례하기 짝이 없다. 깔보는 티가 역력하다. 예의 없이 제멋대로 행동하는 것을 보면 우리의 친절이 잘못 전달되고 있는 것이 분명하다.

어쩌면 한국을 그들의 식민지쯤으로 여기고 있는지도 모르겠다. 뼛속까지 녹아 있는 영어 사대주의가 그들을 오해하게 만든 것이다. 어찌 그들의 탓이라고만 하겠는가. 한국인이 한국에서 외국인에게 머슴취급이나 받으니 덮어놓고 영어에 매달린 결과치곤 너무 비참하다.

대한민국 국민이 영어를 잘하면(?) 선진국이 될 수 있을까? 나는 절대로, 절대로 그런 일은 없을 것이라 단언한다. 오히려 세계인이 그 우수함을 인정한 한글은 제쳐 두고 영어에 몰두한다면 후진국이라는 낙인은 더욱 깊어질 것이고 짝퉁국민으로 취급받는 것은 자명하다.

그렇다고 영어를 사용하지 말자는 것은 아니다. 영어를 사용할 곳과 아닌 곳을 가려서 사용해야 한다는 말이다. 대한민국이 중진국이 되기까지는 영어가 큰 역할을 했다. 그러나 선진국이 되기 위해서는 영어를 잘하는 것도 중요하겠지만, 더욱 중요한 것은 정체성이 있는 나라, 주체성을 가진 국민이라는 전제가 있을 때 가능하다. 그렇지 않고서는 짝퉁의 나라가 될 수밖에 없다. 이런 관점에서 보면 지금 대한민국은 짝퉁의 나라가 되고자 불철주야 노력하고 있는 것처럼 보인다. 그것도 정부에서 솔선수범해서 말이다. 그들이 비웃는 줄도 모른다.

우리는 우리말이 있고, 지구에서 가장 훌륭한 문자인 '우리글 한글'을 가지고 있다. 그 한글은 오롯이 백성의 삶의 불편을 들어주기 위해 만들어진 것이다. 공부를 잘하고, 무역을 잘하기 위해 만들어진 것이 아니다. 그렇게 대단한 한글은 허접하게 취급하면서 남의 것인 영어에 목을 매고 있는 모습을 세종대왕이 지하에서 보면서 얼마나 낙담하고 있겠는가?

한글날은 왜 공휴일이 되었을까?

외래어란 '외국으로부터 들어온 말이 국어에 파고들어 익히 쓰이는 말, 곧 국어화한 외국어'를 말한다. 따라서 외래어를 조장한다는 말은 잘못된 것이다. 외국어의 남용이라고 말해야 맞는 표현이다. 사실 우리말의 80% 이상은 한자어 등 외래어로 이루어져 있다. 세상 어느 나라 말에도 외래어가 없는 나라는 없다.

뉴스는 더 이상 외국어가 아니다. 외래어다. 뉴스를 '보도'로 바꾼다고 우리말이 되는 것은 아니다. 그렇게 따지면 보도도 한자어이긴 마찬가지이기 때문이다. 그렇다면 다음의 내용들은 외래어일까, 외국어 남용일까?

뉴스광장, 뉴스 데스크, 뉴스 와이드, 뉴스 타임, 뉴스 파노라마, 뉴스 포커스, 뉴스 모닝와이드, 뉴스 투데이, 월드뉴스, 나이트 라인, 월드리포트, 시사 투나잇, 스포츠 뉴스, 미디어포커스, 경제포커스, 기자칼럼, VJ 리포트, 단박인터뷰, 인사이트 아시아, 과학카페, 환경스페셜, 도전 골든벨, 퀴즈 대한민국, 로보콘 코리아 등.

뉴스는 '새 소식'이라 해야 맞지만 그냥 뉴스로 써도 무방하고, 포커스는 '집중취재'라 하면 이해가 빠르지만 워낙 많이들 편하게 사용하니까 문제가 없다고 보자. 대부분의 단어가 그렇게 어려운 단어가 아니기 때문에 특별히 문제가 될 것은 없어 보인다. 어차피 토착화된 외래어라고 말할 수 있으니까. 외래어를 우리가 사용하는 것은 그 말이 우리말보다 더 쉽게 의미를 전달해 주기 때문이다. 쉽고 명확하게 소통하면 품위도 생기고 아름답기까지 하다.

그렇다면 다음에 나열하는 말들은 더 의미가 쉽고 명확하여 소통하기 쉬운 말들일까?

게스트(초대손님), 스크린도어(안전문), 바우처(복지상품권), 보이스 피싱(사기전화), 클러스터(산학협력지구), 데이케어(노인돌봄), 테마여행(주제여행), 패키지여행(묶음여행), 시티투어(시내관광), 엠바고(보도유예), 인센티브(보상), 인프

라(기반, 사회기반시설, 사회간접자본, 바탕 등), 패러다임
(틀, 기준, 보기), 패턴(틀, 모형), BT(생명공학), IT(정보통신),
ET(환경공학), NT(나노정밀), ST(우주항공) 등.

아마도 아닐 것이다. 괄호 속의 한국말로 소통하는 것이 더 쉽
고 명확해 보인다. 이처럼 지금 대한민국 곳곳에선 의미가 불분
명한 영어라는 유령들이 활개치고 있다. 한국인도 외국인도 잘
이해 못하는 영어들이다. 이 현상을 언어의 자연스러운 변화라고
말할 수 있을까? 영어의 남발은 언어의 본디 목적인 공감과 교감
대신 이질감과 겉멋을 조장하여 아름다운 우리말을 오염시키는
주범이 된다. 이는 우리를 정신적인 식민상태에 빠지게 한다. 현
재 우리의 모습이 그렇다. 영어를 잘한다는 것은 세계적인 경쟁
력을 가지는 일이지만, 제 나라 말을 오염시키면서 어찌 세계인이
될 수 있을 것인가? 가당찮은 일이다.

그렇다면 한글은 영어가 담고 있는 의미를 제대로 표현할 수
없는 불완전한 문자인가?
한글은 모음 10개, 자음 14개, 모두 24개의 문자로 조합되어 약
8,000음의 소리를 낼 수 있다. 사람이 내는 소리뿐 아니라, 바람
소리, 동물의 울음소리 등 한글로 표현하지 못할 것이 거의 없다

정인지 서문. 미국의 과학전문지 〈디스커버리〉지 1994년 6월호에서 다이아몬드 박사는 '한글은 독창성이 있고 기호배합 등 효율면에서 세계에서 가장 합리적인 문자'라고 극찬한 바 있다. 소설 《대지》를 쓴 대문호 펄 벅도 '한글은 전 세계에서 가장 단순하며, 가장 훌륭한 글자'라면서 '세종대왕은 한국의 레오나르도 다빈치'라고 극찬했다. 이는 세계 언어학자들의 공통된 의견이다. 한글이 얼마나 우수했으면 유네스코에서는 세종대왕이 태어난 날을 '문맹퇴치의 날'로 정하고, 문맹퇴치에 뛰어난 공적을 쌓은 이에게 '세종상'을 수여하고 있다. 분명 한글은 세계 최고의 문자임에 틀림없다.

훈민정음이 처음 창제되어 반포될 때 한자에 기반한 기득권 세력들은 자신들의 기득권을 유지하기 위해 결사적으로 반포를 반대했다. 참으로 못나고 못된 짓이었다. 오늘날의 영어남발 현상도 시답잖은 인간들의 자기 밥그릇 챙기기로 보이긴 마찬가지다. 영어를 많이 사용하면 왠지 유식한 전문가로 보이고, 특정계층의 일원이 되었다는 우월감에 빠지기 때문일 것이다.

언어는 변한다. 누구도 그 변화를 거부할 수도 막을 수도 없다. 그것은 문화의 발전과정이기도 하다. 변화에는 아주 다른 두 차원이 있다. 하나는 내 힘으로 만들어내는 창조적인 변화이고, 다른 하나는 외부에 의해 만들어지는 죽음의 변화이다. 즉, '계란이 스스로 껍질을 깨면 새 생명이 창조되지만, 외부의 힘에 의해 껍질이 깨지면 먹이가 된다'는 것과 같다. 말도 마찬가지다. 우리가 추종하는 선진국 중 많은 나라들은 간판에서조차 외국어 표기를 엄격히 제한한다. 왜 그렇게 자기 말을 철저히 지키는지 진지하게 생각해 볼 일이다.

"My name is Khan.
I'm not a terrorist."

〈내 이름은 칸〉은 인도영화다. 9.11 테러가 배경이다. '칸'은 무슬림을 대표하는 성姓이다. 주인공 '리즈완 칸'은 노란색과 날카로운 소리를 들으면 평정심을 잃어버리는 '아스퍼거 증후군'을 앓고 있는 자폐증 환자다. 하지만, 천재적인 지적 능력과 순수한 영혼의 소유자다.

어머니에게 "세상에는 좋은 행동을 하는 사람과 나쁜 행동을 하는 사람, 두 종류의 사람만 있다"고 배운 '칸'은, 영화가 진행되는 내내 어려운 상황에서도 올바른 행동을 하고자 한다. 아마 보통사람이라면 그와 같은 어려운 상황에서 올바른 행동을 하지 못했을 것이다. 그래서 감동적인 영화가 될 수 있었다. 만약 아직 보지 않았다면 한 번 보기를 권한다.

칸은 싱글맘인 미용사 '만다라'와 결혼하여 아들 '샘'과 함께 행복한 시간을 보낸다. 그러던 중 9.11 테러가 일어난다. 9.11 테러 이후 미국사회는 무슬림을 노골적으로 차별하기 시작했다. 테러리스트로 낙인찍힌 무슬림은 여기저기서 테러를 당한다. 테러가 또 다른 테러를 부른 것이다. 그러던 중 만다라의 아들 샘이 친구들에게 폭행을 당해 죽음을 당하고, 그동안의 단란했던 행복은 깨져버린다.

아들을 잃은 만다라는 모든 원망을 칸이 무슬림이었기 때문이라며, 대통령이라도 만나 '나는 테러리스트가 아니다'라고 말하라며 분노한다. 칸이 대통령에게 그 말을 하기 위해 미국 전역을 돌아다니며 맞는 시련의 이야기가 전개된다.

칸이 로스엔젤레스에서 대통령을 향해 '내 이름은 칸이고, 테러리스트가 아니다'라고 소리치며 대통령을 만나려고 시도하다 테러용의자로 체포되었을 때, 모두 그가 무슬림의 테러리스트라고 단정해버린다.

오직 한 대학생만 자신의 카메라에 찍힌 영상을 보고 칸은 테러리스트가 아니라고 확신한다. 방송국을 찾아가 칸이 테러리스트가 아님을 밝히려고 하지만, 방송국 기자이슬람인는 무슬림에 대한 주위의 편견과 자신이 그 영상을 방송에 내보냈을 경우, 자신에게 돌아올 또 다른 테러에 대한 불안 때문에 방송하기를 거부한다. 하지만, 기자는 고민 끝에 그 사실을 방송에 내보내면서 칸의 이야기는 세상에 알려진다. 특종이 되었고, 칸은 풀려나게 된다.

칸의 무혐의를 제보했던 대학생은 그 일을 계기로 방송국의 인턴으로 일하게 되는데, 그가 맡은 일은 칸의 행적을 추적하는 것이었다. 석방 후 칸은 한 시골마을로 들어갔는데, 그 마을이 수해를 입어 폐허가 될 위기에 처하자 그를 추적했던 방송국이 구조대를 이끌고 와서 마을을 구하게 된다. 그렇게 칸의 의로운 행동이 세상에 알려지게 되면서 아내 만디라와 재결합하고 대통령도 만나게 된다. 감동적인 해피엔딩이다.

오늘 하고자 하는 이야기는 〈내 이름은 칸〉이라는 영화가 감동적인 영화라고 말하려는 것이 아니다. 그 영화를 감동적이게 한 결정적인 부분에 대해 이야기하려는 것이다. 그것은 너무나 사소해서 아무도 관심두지 않는 이야기다.

과연 이 영화가 주는 감동이, 칸의 '좋은 행동'이 만들어낸 감동이었을까? 이와 같은 감동적인 이야기는 이 세상 어디에나 흘러넘친다. 세상에 알려지지 않았을 뿐 알고 보면 우리 주변의 모든 이야기는 감동적이다. 이 영화의 감동은 다름 아닌 칸의 제모습을 세상에 알린 용기 있는 대학생의 기자정신이다. 이 이야기에서 단역에 불과한 대학생 기자가 이 영화를 감동으로 이끌었다고 해도 과언이 아니다.

그 대학생의 관심과 용기가 없었다면, "무고한 한 사람의 죽음은 전 인류의 죽음과 같다"는 영화의 메시지는 그렇게 강력하지 못했을 것이다. 그렇다. 아무리 정의와 국가를 위한 일이라 하더라도, 무고한 사람이 한 명이라도 희생되어서는 안 된다. 희생을 강요해서도 안 된다. 그런 측면에서 보면 '내 이름은 칸이고, 난 테러리스트가 아니다'라고 외친 칸의 목소리는 세상에 만연된 편견과 차별에 대한 도전이라고 할 수 있다.

오늘의 대한민국 사회는 국가를 위해, 국익을 위해 국민의 희생을 너무 많이 요구한다. 이런 일들은 아주 당연하고 흔하게 일어나고 있다. 노동자도, 교육자도, 종교인도 그리고 보통 사람도, 누구든 쓴 소리라도 할라치면 "넌 빨갱이야."로 낙인찍혀서 매도당한다.

물론 그것을 주도하는 사람들은 현재 권력을 가진 자들이다. 그들은 자신들의 이익에 맞지 않으면, 가차 없이 무고한 한 사람을 빨갱이로 몰아붙인다. 그래서 요즘 우리나라에는 빨갱이가 넘쳐난다. 빨갱이의 나라다. 결국 이 나라의 권력층은 빨갱이가 없으면 권력을 유지하지 못한다. 빨갱이가 있으므로 가장 큰 수혜를 받는 자들이 그들이다.

그들은 국정원, 국방부 사이버사령부, 국가보훈처를 부정선거의 하수인으로 활용한다. 검찰과 검사도 시키는 대로 안하면 가차 없이 잘라버리고 그들을 사유화해버린다. 그리고 그들을 앞세워 국민을 속이고, 겁준다. 덕분에 지난 몇 십년간 피를 토하며 만들어온 대한민국의 민주화가 순식간에 독재보다 못한 상태로 돌아갔다.

> "신부가 가난한 이에게 빵을 주면 훌륭하다는 칭찬을 듣
> 지만, 그가 왜 가난한 것인지 사회구조에 대해 이야기하면 빨
> 갱이라는 비난을 듣게 된다."

브라질 로마가톨릭교회의 대주교 돔 헬더 까마라1909~99의 말을 인용한 손석희 앵커의 클로징 멘트가 대한민국의 오늘을 말해준다.

지금이야말로 시민의 관심이 절대적으로 필요한 때다.

물타기 3단계

2012년 12월 대통령 선거 3차토론 직후인 11시, 서울경찰청은 난데없이 '국정원 댓글사건'에 대한 중간수사결과를 발표했다. '국정원의 선거개입 댓글행위는 없었다'는 내용이다. 허위였다. 이 순간이 관권선거의 백미였다. 노골적인 선거개입이었다. 민주주의가 끝장나는 순간이었다. 범죄의 순간이었다.

누구도 승리의 결과를 예측하기 힘든 초박빙이었는데, 이 덕분(?)인지 최종결과는 4%에 가까운 차이로 싱겁게 끝났다. 박의 당선이었다.

선거가 끝나고 국정원은 선거개입 자료나 흔적들을 없앨 수 있는 한 다 없앴을 것이다. 그럼에도 불구하고 빠뜨린 수백 건의 흔적 때문에 덜미를 잡혔다. 이제 국정원의 범죄는 꼼짝없이 드러났다. 물론 서울지방경찰청과 새누리당의 음모도 함께.

국정원 댓글사건은 명백한 대선개입이라는 것은 온 국민이 다 아는 사건이 되었다. 국정원법과 선거법을 어기며 정치공작을 꾸미고, 그것도 모자라 최고급 국가기밀을 권력의 입맛에 맞게 왜곡 편집하여 새누리당에게 제공한 행위는 한국사회를 30년 이상 후퇴시켰다.

어쨌든 박은 대한민국의 법이 인정하는 대통령이 되었다. 최초의 여성대통령이 된 것이다. 문제는 그 다음부터다. 무법천지가 시작되었다. 언론도, 언론인들도, 정치평론가들도 앞을 다투어 용비어천가를 부르기 시작했다. 나아가 이죽거리며 상대방을 깎아내리기 시작했다. 종편들의 정치관련 토크는 예능보다 더한 예능이 되었다. 이죽거리며 비웃고, 또 히죽거리며 매도하는, 마치 충성맹세와 같은 특급예능이 된 것이다. 그것은 종편의 일상이 되었다.

그들은 무엇이든 우기고 또 물타기에 이용한다. 그것은 대개 3단계로 진행되는데, 대부분 1, 2단계에서 끝나던 것이 요즘은 3단계가 수시로 진행된다. 뭔가 심각하긴 심각한 모양이다.

1단계는 도덕성 시비다

예를 들어, 70%나 썩어 있는 자신들의 도덕성은 원래 그런 관행이었다고 주장하거나, 원래 80%였는데 70%가 되었으니 많이 개선되었다며 뻔뻔함을 드러낸다. 그러나 상대방의 티끌 만한 도덕적 결함을 발견(?)하였을 때에는 맘껏 부풀려 몰아세워 상대방을 천인공노할 존재로 만들어버린다. 필요하면 죽은 자도 다시 꺼내 다시 죽이는 짓을 수시로 한다.

2단계는 말꼬리를 물고 늘어지는 것이다

1단계가 여의치 않을 때는 10년, 20년, 30년 전에 한 말도 찾아내어 문제 삼는다. 필요하다면 초등학교 때 일기장에 쓴 것도 찾아내 문제 삼을 인간들이다. 일단 말꼬리를 잡으면, 그것으로 '종북'으로 내몰아 '빨갱이'로 만들어버린다. 대한민국에서 빨갱이는 '두려움'에 관한 한 유통기한이 없는 특효약이다.

마지막 3단계는 북한과 손을 잡는 것이다 나는 이것이 진짜 종북이라고 본다

남북 간에 긴장상태를 만들어 안보위험을 강조하는 것이다. 당장 전쟁이 날 것처럼 설레발을 치며 북한을 자극한다. 북한은 자극받은 척 적당히 행동을 취해준다. 안보는 자신들이 저지른 모든 잘못, 즉 불리한 문제들을 모두 덮어버린다. 북한을 이용한 안보는 어려운 국면을 벗어나기 위한 가장 확실한 물타기 전략인 것이다. 그래서 북한은 그들의 가장 확실한 우군인 셈이다.

간단하지 않은가? 도덕성으로 죽이고, 종북으로 죽이고, 마지막에 안보로 죽이는 것이다. 이렇게 말도 안 되는 행태들이 현실에서는 꽤 약발이 먹힌다. 그들은 주장한다. 자기들은 나라를 위해서, 민생을 위해서, 열심히 일하려고 하는데, 종북좌빨들이 시시콜콜 방해하고 딴지를 걸어 될 일도 안 된다고. 그들의 물타기 전략은 위대할 정도로 교활하다. 그런 줄도 모르고 그들의 말을 믿어주고 있는 우리는 얼마나 한심한가? 그렇다. 한심한 국민임에 틀림없다. 당해도 당해도 옳다고 편까지 들어주니 이런 일편단심이 또 어디에 있겠나.

국정원의 선거개입이 명백하게 드러났지만, NLL로 물타기에 성공하였다. 그들은 여전히 뻔뻔하고 태연하다. 결국 누구는 국가의 영토까지 상납하려 했는데, 선거 때 댓글 좀 단 것 가지고 야박하게 문제 삼을 것 뭐있냐는 식이다. 아마도 지금쯤 '앗싸아! 성공이다'하고 또 다른 나쁜 짓을 궁리하고 있을 것이다. 먹고 살기 바쁜 우매한 국민들은 적당히 조삼모사가 통할테니.

여당만 물타기를 하는가

물타기는 야당도 한다. 야당은 외형상으로 기득권 편이 아니다. 국민의 편이다. 그렇게 그들은 주장한다. 이 나라의 민주주의를 실현하고자 한다. 자칭 진보라고 추켜세운다. 그리고 대부분의 사람들이 그렇게 인정(?)한다. 그러나 야당이 진보가 아니라는 것을 알 만한 사람은 다 안다. 그렇다. 그들은 이도저도 아니다. 이도저도 아니니 목표가 있을 수 없다. 목표가 없으니 전략도 없고, 전술도 없다. 그저 할 수 있는 것이라고는 서로를 탓하며 책임을 전가시키는 것뿐이다. 책임을 남에게 전가시키니 공부는 할 필요가 없다. 공부를 하지 않으니 실력이 붙을 리 없다. 실력이 없으니 할 수 있는 것은 물타기 뿐이다. 야당이 벌이는 물타기는 대개 국민들에게 자신들의 무능함을 가리려는 것이다.

야당의 물타기를 한마디로 말하면 '~하는 척하기'다. 여당이 문제를 흐리려고 물타기를 시도하면, 그 물타기에 대항하는 척 (?) 몇 번 서로 투닥거리며 시간이 지나길 기다렸다가 눈치껏 흐지부지 넘어가버린다. 그리고는 여당의 물타기에 강력하게 대처하여 투쟁했다고 거드름을 피운다. 그것은 민주화를 위한 것, 국민을 위한 것이었다고. 어찌 한심하다 안 할 수가 있나. 남의 숙제를 베껴서 제출하고는 내 할일을 다했다고 우쭐대는 형국이 거의 초등학생 수준이다. 아니 그만도 못하다. 요즘 초등학생들 매우 똑똑하다.

매사가 '~하는 척'이니 그들이 말하는 민주화나 국민의 편 또는 을의 편에 서서 일하겠다는 것도 믿을 수 없게 된다. 사실 '을을 위한 경제'라고 하는 것도 여당이 주장하는 '상생경제'에 대한 즉흥적인 대응에서 나온 문구일 뿐이다야당은 무엇을 해도 항상 가장 중요한 명분은 여당에게 선점당한다. 누가 봐도 '을을 위한 경제'는 '상생경제'를 이길 수 없다. 세상엔 을이라고 해서 항상 옳은 것은 아니기 때문이다. 반면에 상생경제는 내용이야 어떻든 겉으로 보기에는 꽤 정당해 보인다. 슬로건으로만 보자면 둘은 도저히 싸움이 되지 않는다. 무조건 '상생경제'가 승리한다.

추측컨대, 야당은 을에 대한 정보가 없다. 정보가 없으니 을의 입장을 이해하지 못한다. 이해가 없으니 대책 또한 있을 수 없다. 대책이 없으니 할 수 있는 것은 뒷북치는 것뿐이다. ~척하기 때문에 애초에 목적이나 소명의식 따위도 없다. 일정기간 왈왈거리다가 어느 정도 시간이 지나가면 슬그머니 꼬리를 내리고 딴청을 부린다. 그들이 먼저 아이디어를 내는 경우는 거의 없다. 눈치만 보고 있다가 상대방이 사고라도 하나 치면 설왕설래하다가 상대방의 카운트펀치를 맞고 장렬히(?) 전사한다. 그래서 그들이 제대로 수습하는 일은 거의 없다. 대부분 변죽만 울리다가 끝내는 데 익숙하다. 그럼에도 불구하고 그들은 국민을 위해 열심히 일하고 있다고 착각한다. 참으로 쉬운 국민사랑이고 민주화 투쟁이다. 솔직히 너무 비겁해 보인다.

국정원 사건이 터졌다. 이는 3.15 부정선거와 다름없는 일이었다. 어찌어찌하여 국정감사에 붙여졌다. 여당은 위기를 직감하고 물타기를 시도했다. '남북정상회담기록'을 들고 나온 것이다. 명백한 불법과 거짓말이었다. 이때, 야당은 여당의 계략대로 국정원은 잊어버리고 갑론을박 하며 시간만 허비하며 끌려다녔다. 결국 존재하지 않는 사초를 두고, 서로 봤니 못 봤니, 했니 안했니 하면서 시간을 다 보낸 것이다. 둘은 모두 당황하여 어찌할 줄 몰라 했다. 그 와중에도 야당은 책임 전가하기를 잊지 않았다. 일단 같은 편을 흠씬 패놓기에 이른다. 이렇게 여러 날을 돌고 돌아 다시 국정조사를 시작했다. 이번에는 더 가관이다. 사안이 중대하니 국정조사 내용을 비공개로 하자는 여당의 물타기에 걸려들어 정략적으로 합의한다. 실력 없는 야당은 속절없이 여당의 꼭두각시 역할을 자처하게 되었다. 그런데, 분위기가 좀 요상해졌다. 야당은 안 되겠다 싶었는지 장외투쟁을 시도한다. 이제 국정원 문제는 오리무중이 되어가고 있다. 핵심은 온데간데 없어지고 변죽만 울리고 있는 것이다. 그래도 둘은 민생을 위해서라는 주문은 잊지 않고 중얼거린다. 진정성이 있을 리 없다.

거의 모든 이슈가 이런 식으로 진행된다. 그들에게 관심 있는 것은 오로지 다음 선거에서 본인이 당선하느냐 떨어지느냐 뿐이다. 더 폄하해서 말하면 어느 당이 이기든 상관없고, 민주화가 되든, 공산화가 되든, 독재가 되든, 민생이 어찌되든 상관없고 나만 당선되면 그뿐이라는 심보다. 너무 심하게 말하는 것이 아니냐고? 맞다. 심하다. 매우 심하다. 하지만 그것이 현실인 걸 어찌하겠나. 때리는 시어머니보다 말리는 시누이가 더 미운 법이다. 여당은 원래 그렇지만, 야당은 착한 척은 혼자 다하면서 비겁한 짓도 도맡아 하는 것으로 보이는데 어쩌겠는가.

지금 이 순간에도, 여당은 앞으로는 민생을 위한다고 설레발을 치면서 뒤로는 물타기에 성공했다고 낄낄거리고 있을 것이다. 실력도 없고 비겁하기까지 한 야당을 이제 버려야 하는 것인가? 이찌해야 하는가?

노예는 저항하지 않는다

〈집으로 가는 길〉

국가가 국민을 기만한 영화다. 해외에서 대한민국 국민이면서
도 대한민국 국민으로서의 권리와 보호를 제대로 받지 못하는
이유는 바로 재외공관에 나가 있는 외교관들의 엉성한 업무처리
와 성의 없는 대응 때문이다. 이 영화는 잘못된 업무처리로 인해
말도 통하지 않는 타국의 감방에서 2년여 동안 대책 없이 수감
생활을 해야 했던 한 평범한 주부의 이야기다. 그 모든 것이 힘
있는 자의 일거수일투족에는 성의를 다하면서도 힘없는 한 국민
의 중대한 일에는 나몰라하는 공무원들의 잘못된 관행에서 비
롯된 것이었다.

"돈을 벌겠다는 욕심과 무지 때문에 죄를 지었습니다. 저
는 죄인입니다. 그래서 지난 2년 동안 그 죄에 대한 용서를 빌

었습니다. 하지만 제가 용서를 빌어야 할 사람들이 또 있습니다. 제 가족들, 아내를 잃은 남편, 엄마 없이 자라야 했던 제 딸, 제 딸이 벌써 6살 입니다. 제가 딸을 두고 떠날 때 겨우 네 살이었는데 다섯 살이 되고 여섯 살이 되었습니다. 저는 제 딸에게 지울 수 없는 상처를 입혔습니다. 돌아가서 그 죄를 갚고 싶습니다. 전, 집으로 돌아가고 싶습니다."

〈또 하나의 약속〉

‘또 하나의 약속’은 삼성전자 기흥 반도체 공장에서 근무하다 2007년 백혈병에 걸려 숨진 故 황유미 씨의 아버지가 산재인정 법적투쟁을 벌였던 실제 사건을 소재로 한 영화다. 방진복은 제품을 보호하기 위한 것이지, 노동자를 보호하기 위한 옷이 아니었음을 일깨워주었다. 영화제작금액이 없어 제작두레를 통해 모금한 돈으로 만든 영화다. 이 투쟁은 1심 재판에 이어 2심에서도 산재를 인정받고 진행 중인 비슷한 산재 소송 7건에도 적지 않은 영향을 줄 것이다.

"회사나 공단도 마찬가지예요. 우리가 산재신청을 하면요, 우리한테 그 증거를 내놓으래요. 영업비밀이라고 자료도 내놓지 않고, 작업장에 들어가지도 못하게 하면서 우리한테 증

거를 내놓으라는 법이 세상에 우데 있어요? 근데요, 우리한

테 증거 있어요. 여기, 여기, 또 여기, 또 저기, 저기 여기 병

든 노동자들의 몸, 가족 잃은 사람들, 이게 우리의 증거에요.

이 보다 확실한 증거가 또 있을까요?"

〈변호인〉

'부림사건'은 1981년 전두환 정권이 집권 초기에 통치기반을 확

보하기 위해 일으킨 부산지역 사상 최대의 용공조작 사건이었다.

단순히 현실을 올바로 파악하고 인식하기 위해 책을 구입하여 소

지하거나 읽은 것을 사회주의, 공산주의 사회를 건설하여 국가

를 전복할 목적이 있음으로 간주하여 죄를 만든 사건이었다. 또

한 우연한 선후배의 만남이나 졸업축하모임, 망년회, 심지어는 이

사 간 친구 집에 놀러간 것까지도 사회의 불안을 부추기는 집회

로 규정하고, 전공분야 외의 공부를 한 것도, 책을 혼자 읽지 않

고 같이 모여 공부한 것에도 용공조작의 죄목을 뒤집어씌웠다.

그 모든 것이 국가보안법을 악용하였기 때문이었다. 국가보안법

은 그야말로 도깨비 방망이였다. 지금도 그렇다.

"할게요! 변호인 하겠습니다! 포기 안합니다. 절대 포기 안

합니다. 최소한 진우만큼은 무죄라고 믿습니다. 무죄면 무죄

판결 받아내야죠. 그게 내 일입니다. 대한민국 헌법 1조 2항, 대한민국의 주권은 국민에게 있고, 모든 권력은 국민으로부터 나온다. 국가란 국민입니다, 바위는 죽은 것이고, 계란은 살아 있는 것입니다. 결국에 바위를 넘는 것은 계란입니다."

지난 몇 달 사이에 의미 있는 영화들이 개봉되었다. 세상의 반응도 뜨거웠다. 〈집으로 가는 길〉에서는 외교부가 국민을 배신했다. 〈또 하나의 약속〉에서는 공무원과 기업이 결탁하여 사실을 알고자 하는 국민들을 멍청이로 만들었다. 〈변호인〉에서는 국가가 체제유지를 위해 무고한 사람에게 죄를 뒤집어씌웠다. 힘있는 자들은 모두 힘없는 자들을 기만했다. 영화를 보면 화도 나고, 서글프기도 하고, 무섭기도 하다. 이런 비정상적인 일들은 오늘도 여기, 저기서 일상적으로 행해지고 있다.

공권력은 뻔뻔하게 말한다. '비정상의 정상화'의 가면을 쓰고 민생을 부르짖는다. 민영화, 규제철폐 등이 그것이다. 그들에게 '민생'은 국민이 아니라 권력을 가진 자들의 이익을 위한 '민생'이라는 것은 알 만한 사람들은 다 아는 사실이다.

그런데 어찌된 일인지 국민들은 그런 그들의 거짓말에 철저하게 속아 넘어간다. 나아가 그들의 거짓말을 적극적으로 옹호하기까지 한다. 자신이 피해자이면서 가해자를 변호하는 것이다. 문제는 거기서 끝나는 것이 아니다. 자신을 대신해서 잘못된 공권력에 저항하는 용기 있는 사람들을 향해 종북이니, 좌빨이니 하면서 삿대질까지 해댄다. 대한민국 국민들은 박정희, 전두환 시대처럼 더욱 더 강하게 짓눌러야 정신을 차린다는 끔찍한 말까지 서슴지 않고 얘기한다. 아이러니다. 정말 코미디도 이런 코미디가 없다.

생각하는 대로 살지 않으면, 사는 대로 생각할 수밖에 없다. 잘못된 것은 고치려고 애를 써야 하고, 잘된 것은 지키려고 애를 써야 한다. 그것이 용기다. 희망이다. 그저 당장 힘들다고, 지금 당장 내 일이 아니라고, 지금 당장 귀찮다고 체제에 순응하며 살아가고자 한다면 노예보다 못한 삶을 살게 된다. 노예는 저항하지 않는다. 저항할 줄 모르면 인간이 아니라고 한 함석헌 선생의 말씀이 오늘따라 뼈저리다.

수박은 겨울에 나는 과일

좋아하는 선배가 시집을 냈다. 시평론을 하시는 분인데, 만날 남의 시만 평하다가 30여년 만에 드디어 자신의 시집을 낸 것이다. 반갑고 고마웠다. 고마운 마음에 그 시집을 읽어가다가 오늘의 답답한 대한민국 현실에 꼭 맞는 시가 하나 눈에 들어왔다. 제목이 〈혼돈의 시대〉다.

포도나무골에 포도나무는 한 그루도 없고, 감나무골에 있는 감나무에는 감이 열리지 않는다. 솔밭마을 산골짜기 그 많던 가재들은 모두 어디로 갔을까.

복숭아라고 우겨대고, 살구라고 때 쓰는 사람들이 천도복숭아를 먹고 있다. 사자와 호랑이를 교배시켜 라이거가 탄생했다고 하는데, 포유류의 4분의 1이 지구상에서 사라졌다는 것은, 아무래도 이해가 되지 않는다. 라이거는 언제까지 머무르다가 어떤 새끼를 낳을 것인가.

수박은 겨울에 나는 과일이고, 가을에 나는 제철 딸기가 가장 달다고, 한 번도 수박밭에 가보지 못하고 평생 딸기밭에 가볼 일 없을 21세기 아이들이 마트 과일 판매대 앞에서 다투고 있다. 아무러면 어때, 맛만 좋으면 그만이지. 이제 모든 것의 맛은 당도(糖度)로 측정한다. 밥이 달고, 된장찌개가 달고, 우정과 사랑까지도 단맛이 제일이다.

포도나무골에는 신도시가 들어섰고, 감나무골은 아예 지도에서 사라진지 오래며, 솔밭마을 산골짜기에는 버섯 가공공장이 들어섰다. 모두가 달콤한 죽음을 위해 변화하고 있다.

백운복, 《아름다운 너무나 아름다운 세상》, 2014

복숭아라고 우겨대고, 살구라고 때 쓰는 관료들이 천도복숭아를 먹고 있다. 수박은 겨울에 나는 과일이고, 가을에 나는 제철 딸기가 가장 달다고 정부는 태연스레 말한다. 국민들은 단것만 몇 개 주면 해결된다며 입에 단 말씀만 떠벌인다. 밥이 달고, 된장찌개가 달고, 우정과 사랑까지도 단맛이 제일이라고 감언이설하여 국민을 달콤한 죽음으로 몰아세운다.

'세월호'가 침몰하면서 선원들은 승객들에게 '그 자리에 대기하라'고 말했다. 그리고 선원들은 한가한(?) 틈을 타서 편안하게 탈출했다. 배가 침몰하는 급박한 순간에도 그들은 승객구조는 뒷전이었고 회사에 보고하기에 여념이 없었다. 참으로 인면수심의 선원들이다. 문제가 여기서 끝났으면 오히려 다행이다. 진짜문제는 그때부터 시작됐다. 해경도, 정부도 그 누구도 문제를 제대로 해결하지 못했다. 그들의 구조작업 역시 우왕좌왕 허둥지둥 갈피를 잡지 못했다. 알고 보니 그들은 그 와중에도 상황은 축소하고 구조는 과장하기 위해 잔머리를 굴리고 있었다. 도저히 상상할 수 없는 일이 꾸며지고 있었던 것이다. 어느 날부터인가 '세모-청해진'은 범죄단체라는 방송이 흘러나왔다. 구원파도 나왔다. 그 사이에 정부의 무능과 해경의 무능은 감춰지고 있었다. 아니 무능을 감추려고 잔머리를 굴린 것이다. 불행하게도 그들의 잔머리는 통하지 않았다. 그들이 천하의 호구로 생각하는 국민들이 그 잔머리를 눈치 채고 말았기 때문이다.

　세월호 참사는 국가가 자행한 '집단학살'과 다름없다. 국민행복과 안전을 천명하는 박근혜정부에서 이루어진 '야만'이다. 세월호 참사에 대한 진상조사와 수사가 진행되면 될수록 그것은 분명해졌다. '이것이 국가냐, 나라냐, 정부냐'라는 한 국민의 한 서린 절규가 오래도록 가슴을 울린다. 국민들은 처음에는 안타까운 마음 때문에 울었으나, 시간이 갈수록 분노로 치를 떨었다.

그 와중에 서울 지하철에서 추돌사고가 일어났다. '승객들은 대기하라'는 방송이 흘러나왔다. 하지만 시민들은 듣지 않았고 모두 뛰쳐나왔다. 그 방송을 곧이곧대로 믿었다간 꼼짝없이 죽을 것이라고 생각했기 때문이었을 것이다. 국가를 믿을 수 없다는 것이었다.

그야말로 모든 것이 무너져버렸다. 국민은 더 이상 국가를 믿지 않는다. 아니 믿을 수 없게 만들었다. 지난 노무현 대통령 시절 고 김선일 씨가 알 카에다에 희생됐을 당시 '국가와 국민을 구하지 못한다면 그것은 국가가 아니다. 우리 국민 한 사람을 못 지켜낸 노무현 대통령은 자격이 없으며 용서할 수 없다'고 말했던 박근혜 대통령은 300여 명 중 1명도 구해내지 못하고도 '대안을 마련하여 사과하는 게 도리'라고 말한다. 참으로 사태파악 제대로 못하는 한가한 말씀을 하신다. 그런 분이 대한민국의 대통령이시다.

그로부터 200여 일이 지났다. 밝혀진 것은 아무것도 없는데 그만 덮자고 한다.

빌어먹을….

응답하라, 1984!

1984년 8월 LA올림픽이 막 시작된 어느 날이었다.

레슬링에서 대한민국의 첫 금메달이 나올 가능성이 있어 충무로에서 금메달 축하광고를 제작하고 있었다. 미리 몇 개의 축하광고시안을 합의하고 그 중 선택된 하나의 마지막 동판제작을 기다리고 있었다참고로 그때는 지금처럼 데이터만 넘기면 되는 것이 아니라, 동판을 제작하여 동판을 신문사에 전달해야 광고를 게재할 수 있었다. 신문마감시간 직전이었기 때문에 신문사의 윤전기를 세워놓고 경기결과만을 기다리고 있었다.

드디어 김원기는 첫 금메달을 목에 걸었고, 우리는 그 장면을 전송받아 광고를 완성하여 동판을 구워 신문사에 전달해야 했다. 평상시 같으면 신문사 직원이 동판을 회수하여 갔지만, 그날은 돌아가려는 윤전기를 세워놓았기 때문에 우리가 직접 동판을 전달하여야 했다. 일분일초가 아쉬운 순간이었다. 동판은 구워졌고 우리는 각자 동판을 한 개씩 들고 여러 신문사로 달려갔다.

그런데 문제가 생겼다. 시내상황이 시위로 엉망이었기 때문이다. 거리 곳곳에서 최루탄이 터지고 있었다. 동판을 전달하기 위해서는 최루탄이 터지고 있는 시위대를 관통하여 각 신문사로 달려가야 했다. 그냥 서 있어도 눈이 매울 지경이었는데, 그 최루탄 속을 지나가야 했으니 오죽했으랴. 아무리 수건으로 얼굴을 가려도 소용없었다. 신문사까지 뛰어가서 동판을 전달하고 나니 얼굴은 눈물로 범벅이 되어버렸고 기침은 쉴 새 없이 터져 나왔다. 그렇게 하루가 끝나가고 있었다.

내가 기억하기로 그때 시민들은, 상인들마저도 시위대를 비난하지 않았다. 오히려 응원하고 있었다. 독재에 대한 분노가 대단했던 시절이었다. 생계 때문에 직접 시위에 참가하지는 못하지만, 시민들이 하고 싶은 말을 대학생들이 대신해주어 고맙다고 생각했기 때문이었다. 내가 기억하는 1984년은 그런 모습으로 남아 있다.

그리고 3년 뒤, 대학생뿐만 아니라 넥타이부대까지 합세한 6월 항쟁을 통해 대통령직선제를 이끌어냈다. 그렇게 대한민국의 민주화는 조금씩 가까워졌다. 그리고도 수많은 희생이 있었다. 수

많은 땀이 있었다. 그렇게 대한민국 국민은 뜨거웠다. 자랑스러웠다. 멋있었다. 그렇게 대한민국은 민주주의를 향하고 있었다.

그로부터 30년이 지나 2014년이 되었다. 이제 대한민국은 더 이상 멋있는 나라도, 자랑스러운 나라도 아니다. 대한민국 국민도 더 이상 멋있는 국민도, 자랑스러운 국민도 아니게 되었다.

왜 그럴까? 대한민국이 다시 1984년으로 돌아갔기 때문이다. 아니 훨씬 더 이전인 군부독재시절보다 못한 시기로 돌아갔다는 것이 더 정확한 표현일 것이다.

오늘의 대한민국은 시위를 한 국민에게 국가기득권층가 손해배상을 청구하여 시위에 참석한 사람들을 알거지로 만들어버린다. 시위 자체를 불법으로 규정해버리는 것이다. 국가는 원칙과 법을 수시로 어기면서 국민이 그 문제가 잘못되었다고 말하면 그것을 불법이라고 규정하고 국가를 위해, 국민을 위해 법과 원칙에 따라 단호하게 처벌하겠다고 으름장을 놓는다. 참 치사한 국가가 되고만 것이다.

마치 조지 오웰의 소설 《1984년》처럼 전체주의가 지배하는 사회로 몰아가고 있는 것처럼 느껴진다. 《1984년》은 전체주의 사회 속에서 파멸되어가는 주인공원스턴의 모습을 그린 소설로, 그 핵심은 '사상통제'와 '역사통제'다. 현재 우리나라의 상황과 꽤 비슷하다. 사상을 통제하는 언론보도 문제, 역사를 통제하는 역사교과서 문제 등이 국가의 못된 의도에 의해 진행되고 있는 것처럼 보이기 때문이다.

소설에 등장하는 세 나라는 상시로 사소한 전쟁을 일으키면서 자신들의 권력을 유지하고자 한다. 오늘의 대한민국도 마찬가지다. 언제부턴가 공중파든 케이블이든 북한에 관한 뉴스가 많아졌다. 북한공영방송인가 싶을 때가 많다. 국민들이 북한의 권력구도에 대해 저렇게 자세히 알아야 할 필요가 있을까 싶다.

게다가 북한의 2인자였던 '장성택'의 처형은 방송을 한 달 이상 독점하다시피 했다. 대한민국 대통령이 서거해도 이런 일은 일어나지 않았고, 앞으로도 절대로 일어나지 않을 것이다. 그러니 대한민국 대통령은 북한의 2인자보다 못해도 훨씬 못한 셈이다. 특히 김정은의 눈썹이 조금 짧아진 것은 정부가 주장하는 '민생'과는 전혀 상관없는 것이다. 그것은 국가정보원의 부정선거개입 사건을 무마하기 위해 물타기를 하는 것이다. 상황이 이렇게 급박하니 국민들을 겁박하는 것 이상도 이하도 아닌 것처럼 보인다. 국민 알기를 너무 쉽게 보는 것이다.

1984년, 민주화를 외치며 거리로 나섰던, 깨어 있어 자랑스러웠던 국민들은 다 어디로 갔을까? '미래를 향해, 과거를 향해, 사고가 자유롭고 저마다의 개성이 다를 수 있으며 혼자 고독하게 살지 않는 시대를 향해, 진실이 존재하고 일단 이루어진 것은 없어질 수 없는 시대를 향해1984년'라고 부르짖던 그 뜨거웠던 가슴들은 어디서 무엇을 하고 있을까?

대한민국의 주권은 국민에게 있고, 모든 권력은 국민으로부터 나온다는 너무나 당연한 사실을 외면하면서 '자발적 복종'에 길들어져 살고 있을까?

이제 그때의 1984처럼 응답할 때가 되었다.

이제 그때의 1984처럼 국민이 응답할 때가 되었다.